中华
魂
ZHONGHUA HUN

百部爱国故事丛书

两离桑梓地 满怀雪域情

——领导干部的楷模孔繁森

张爱国 编著

吉林人民出版社

图书在版编目（CIP）数据

两离桑梓地　满怀雪域情：领导干部的楷模孔繁森
/ 张爱国编著--- 长春：吉林人民出版社，2011.3（2025.4 重印）
（中华魂·百部爱国故事丛书）
ISBN 978-7-206-07563-6

Ⅰ.①两… Ⅱ.①张… Ⅲ.①故事—中国—当代
Ⅳ.① I247.8

中国版本图书馆 CIP 数据核字 (2011) 第 032611 号

两离桑梓地　满怀雪域情
——领导干部的楷模孔繁森

LIANGLI SANGZI DI　MANHUAI XUEYU QING
——LINGDAO GANBU DE KAIMO KONG FANSEN

编　　著:张爱国
责任编辑:韩春娇　　　　　封面设计:孙浩瀚
制　　作:吉林人民出版社图文设计印务中心
吉林人民出版社出版 发行(长春市人民大街7548号　邮政编码:130022)
印　刷:北京一鑫印务有限责任公司
开　本:787mm×1092mm　　1/16
印　张:8　　　　字　数:64千字
标准书号:ISBN 978-7-206-07563-6
版　次:2011年3月第1版　　印　次:2025年4月第3次印刷
定　价:35.00元

如发现印装质量问题,影响阅读,请与出版社联系调换。

总　序

　　《中华魂》是一套故事丛书。它汇集了我国自鸦片战争以来一百八十余年间的近百位民族英雄、仁人志士、革命领袖、先进模范人物的生动感人事迹，表现了他们作为中华儿女的伟大的爱国主义精神。

　　爱国主义是人们对于"生于斯、长于斯、衣食于斯"的祖国的一种神圣感情，是人们对于自己民族的一种强烈的责任感和使命感，是感召和激励整个中华民族的一面永不褪色的旗帜。在一百多年的中国近现代史上，爱国主义一直激励着中华儿女为祖国的独立、统一、进步和繁荣而英勇奋斗。从"苟利国家生死以，岂因祸福避趋之"的林则徐，到"我自横刀向天笑，去留肝胆两昆仑"的谭嗣同；从"铁肩担道义，妙手著文章"的李大钊，到"青春换得江山壮，碧血染将天地红"的赵一曼；从"县委书记的好榜样"的焦裕禄，到"问鼎长天，扬我国威"的邓稼先……都表现出了强烈的爱国主义精神。正是由于热爱祖国的人们前仆后继地奋斗，国家和民族才得以生存，才能够在一次次历史危急关头转危为安，走向兴盛和富强，从而屹立于世界民族之林。爱国主义是鼓舞中华儿女历经忧患、跨越沧桑、百折不挠、自强不息的伟大力量，它贯穿于中华民族的整个历史，并有力地凝聚着五洲四海的中国人。

爱国主义是一个历史的范畴，在社会发展的不同阶段、不同时期有不同的具体内容。革命时期，需要我们为祖国的独立自主出生入死；建设时期，需要我们为祖国的繁荣富强增砖添瓦。在全国各族人民团结一心，开启全面建设社会主义现代化国家新征程的今天,我们要争做一名新时期的爱国者。新时期的爱国者要有强烈的民族自尊心、自豪感。民族自尊心、自豪感是任何时期、任何爱国者都必须具备的情感。民族自尊心能增强我们自立向上的恒心,民族自豪感能树立我们建设祖国的信心。要树立"祖国高于一切"的崇高信念,为了祖国和人民的利益不惜抛却个人的利益,甚至不惜牺牲个人的生命。我们要树立终身学习的理念,拓宽自己的知识面,广泛吸收新知识、新技术,完善自身的知识结构,更新学习知识的方法与理念,从思想上、知识上充分武装自己,为祖国的繁荣昌盛贡献力量。

爱国主义思想的继承和发扬,是关系到民族盛衰、国家兴亡的根本问题。爱国主义思想情操的形成,需要不断地培养。培养爱国主义精神的一个重要途径是向英雄人物和典范事迹学习和致敬。这套丛书的出版,对于青少年向英雄和先进人物学习,特别是对于在中小学生中进行爱国主义教育是不可多得的生动的教材。祝愿此书出版发行成功,为培养时代新人作出贡献。

胡维革

是七尺男儿生能舍己

作千秋鬼雄死不还乡

一尘不染两袖清风视名利安危淡似狮泉河水

二离桑梓独恋雪域置民族事业重如冈底斯山

目 录

中华魂 百部爱国故事丛书
ZHONGHUA HUN

"一个人爱的最高境界是爱别人，一个共产党员爱的最高境界是爱人民。"这是孔繁森生前的座右铭。他是这样说的，也是这样做的。他生前的一言一行，生命中的点点滴滴，处处体现出了一种大爱，一种对党的热爱，一种对人民的热爱。孔繁森同志以自己的实际行动，展现了党员领导干部的优秀品质，塑造了新时期党的领导干部的崇高形象，用鲜血和生命谱写了一曲具有时代精神的奋斗之歌、创业之歌、奉献之歌。孔繁森虽然离开了我们，但他的精神和他的事迹永远激励着我们。

孔繁森的家乡——"凤凰城"山东聊城

　　山东聊城地处鲁西平原，古运河畔，是座历史悠久的重镇，因位于古聊河西岸而得名。聊城古城池位置和布局状若凤凰，故素有"凤凰城"之称。它位于山东西部，古运河畔，明清时期为东昌府，现为聊城市委、市政府所在地，是鲁西政治、经济、文化中心。聊城始建于春秋，距今已有2500多年的历史，《史记》中"鲁仲连射书喻燕将"的故事就发生在这里。聊城地处冀、鲁、豫三省交界处，经济繁荣，文化昌盛，曾为沿古运河九大商埠之一，被誉为"漕挽之咽喉，天都之肘液，江北一都会"。明清之交，由于漕运兴盛带来了聊城文化事业的发展。

这里还是历史上的"齐鲁之邦"，曾孕育了一大批文人学士和名官重臣。这也遗传给了孔繁森"知礼谦逊，习俗节俭，人多读书，士风彬彬，贤良宏博"等贤儒风范。中国古典名著《水浒传》《金瓶梅》《老残游记》中许多故事也都取材于这个地区。初建寻北宋

光岳楼是国家历史文化名城——聊城的象征，它与岳阳楼、黄鹤楼并称中国三大名楼。光岳楼位于聊城古城中心，外观为四重檐歇山十字脊过街式楼阁，由墩石和主楼两部分组成。光岳楼，据说有多年的历史，乾隆皇帝从京杭大运河下江南，六次登上光岳楼，现在还有一个御碑立在古楼内，记载着乾隆下江南登光岳楼的历史

末年的狮子楼，雕梁画栋，因传说武松在此斗杀西门庆而闻名海内外。

　　悠久的历史为聊城留下了众多的景观，光岳晓晴、巢父遗牧、崇武连墙、绿云春曙、古秋铺琼、圣泉携雨、仙阁云护、铁塔烟霏合称八大胜景。驰名中外的京杭大运河像一条游龙越境而过，聊城是湖、河、城融为一体独具特色的城市。鸟瞰古城，环城湖水宛如一面明镜，把古城镶嵌在中央，中外专家誉聊城为"中国的威尼斯"，东方的"诺亚方舟"。

　　孔繁森就出生在这样一个美丽的地方。

　　在距聊城市大约20公里的堂邑镇有个五里墩村，这个有着156户人家近600人的小村庄，宁静而朴实，全村老少都姓孔，他们是孔子的后裔。

　　1944年7月，孔繁森出生在五里墩村一户贫苦的

两离桑梓地　满怀雪域情
——领导干部的楷模孔繁森

光岳楼夕照

东昌湖建于宋熙宁三年（公元1070年），在原护城河的基础上经历代开挖而成

农民家庭。父亲叫孔庆会，是个老实巴交的农民，勤劳朴实，一辈子靠种地为生。在父母那里得到的就是清清白白为人，实实在在做事的教诲。孔繁森排行老三，他有两个哥哥，爹娘和村里人都习惯叫他"小三儿"。20世纪50年代的中国农村家家都很穷，正是因为家里穷，两个哥哥都没有上过学。孔繁森和两个哥哥一样忠厚老实，心肠好，但头脑比两个哥哥更灵活。看到孔繁森从小就聪明懂事，勤学好问，父亲一咬牙送孔繁森进了路庄小学，家里人希望孔繁森能学知识、长本领，成为有文化的人。能够进学校读书，一直是孔繁森的梦想，这也让年幼的孔繁森感到非常快乐。他在学校里勤奋好学，爱帮助同学；他性格活泼开朗，

总是有说有笑，很受老师和同学的喜欢。

　　年少的孔繁森是在困苦和饥饿中长大的。他记得，在自己刚上学的那年春天，家里的粮食不够吃了，母亲每天出工前很早就到刚刚长出小草的地里挖野菜，可是母亲总是想尽办法给孔繁森带上一块馒头干，或是带上一个野菜团子去上学。娘怕他上学饿着，每次吃饭时都是自己少吃些也要给孔繁森留下一点干粮。年少的孔繁森曾暗暗发誓："娘，我长大了一定要给您端一碗肉！"

　　京杭运河聊城段，始凿于公元1289年，初名会通河，由阳谷县张秋镇入境，途经东昌府区，从临清并入卫运河出境，全长97.5公里，其涉及古城镇、古建筑、古墓葬、古遗址、古石刻、古树名木、古民居、古桥梁、古闸涵等百余处，如繁星点点，点缀其间

1958年，14岁的孔繁森以优异的成绩考入堂邑镇农村中学。也正是这一年1月，轰轰烈烈的"大跃进"开始了。在那个"大跃进"的年代里，中学生一样要和农民们天天参加劳动、大炼钢铁，想要好好地学习文化已不现

孔繁森

实。在学校里老师讲过爱迪生的故事，他幻想着有一天娘能在明亮的电灯下做针线活，自己学习时也不会再被煤油灯熏成黑眼圈。于是他想去报考城里的技工学校，去学习电工，学会了就能给娘安上电灯，给爹装一个能耕地的机器。

1959年，15岁的孔繁森还没有读完农中，就以优异的成绩考上了聊城地区技工学校，学习电工专业。

城里晚上可以在灯下看书学习，孔繁森觉得这真是太幸福了。他下决心要好好学习，早日让家乡的亲人们也能在漆黑的夜里坐在明亮的电灯下。他每天第一个坐在教室里学习，夜晚同学们都睡了，他却躺在被窝里继续看书，同学们都羡慕他精力充沛。

1960年，全国各地都出现了饥荒，粮食不够吃，可孔繁森和同学们正是长身体的时候，俗话说"半大

小子，吃死老子"，学校按规定每个月给学生1元5角的生活费，孔繁森除了给自己买一点生活必需品以外，从不乱花一分钱。而且还节衣缩食将节省下的生活费和饭票都给了同学，可他自己却日渐消瘦。在聊城技工学校的两年学习过程中，孔繁森究竟做了多少好事谁也说不清，但没有人不知道电工206班的孔繁森。

1961年夏天，快要毕业时部队到学校里招生，17岁的孔繁森光荣地步入了中国人民解放军的行列，在济南军区总医院服役。在部队这个大熔炉里，孔繁森积极向上，处处严格要求自己，连年被评为"五好战士"。因为孔繁森的优秀表现，1966年，22岁的孔繁森光荣地加入了中国共产党。

1969年，孔繁森从部队复员转业到了地方，在工厂里当了一名普通工人。由于孔繁森的出色表现，不久便被提拔为国家干部。

1975年，孔繁森转任了共青团聊城地委常委、中共聊城地委宣传部副部长。他虽然在城里工作了，可他一天也没有忘记家乡，没有忘记那个他成长的地方，那个至今还十分穷困的地方。20世纪70年代的五里墩村土地不多，其中还有500多亩盐碱涝洼地，夏天荒草连片，经常有野兔、狐狸出没，只长草不长庄稼。这是个十里闻名的穷村，20世纪70年代末，村里有50

多个光棍娶不上媳妇，年轻的姑娘也都想方设法，纷纷嫁到了外乡。孔繁森在做好本职工作以外，总想着怎样才能帮着家乡尽快富裕起来，让村里的父老乡亲早一天过上好日子。

1981年，在孔繁森的建议和帮助下，村里

在那片不长庄稼的盐碱地里建起了一座砖厂，不到一年的工夫就收入四五万元。这回村里可有钱了，孔繁森又建议统一规划盖新房，村集体给补贴，谁盖房就补给他25 000块砖。在短短不到两年时间里，村里盖起了84座新砖房。在砖厂旁挖土的大坑里，又建起了70多亩的鱼塘。

1982年，村里集体出钱，给每家每户都通了电，第二年村里又投资打了一口机井，从此村里喝上了自来水。打这以后，村里的小伙就成了香饽饽，乡里乡外的姑娘开始争抢着往五里墩村嫁，光棍们也都娶上了媳妇。就在村里人都满意地过着好日子时，孔繁森和村里的干部们开始研究将村里的280亩荒地变成十

里飘香的果园，不仅让乡亲们能吃上香甜可口的苹果，还能让苹果成为村里致富的又一条门路。

第一次进藏——青藏高原

1979年的春天，五里墩的苹果花开了，柳树也吐出了淡黄的新芽，又是一个充满希望的季节来临了。一天，地委组织部找孔繁森谈话，一位同志对他说："省里要选拔一批干部支援西藏，组织上考虑你年轻，工作能力又强，想派你到西藏去工作，担任西藏日喀则地委宣传部副部长，你考虑一下。"孔繁森考虑了一下，说："行。"组织部的同志向孔繁森说："家里如果有什么困难，尽管向组织提。"孔繁森说："我是一名共产党员，坚决服从组织安排，到祖国需要我的地方去工作，家里有困难可以克服。"

那一年，孔繁森的亲属都在农村，生活非常艰难，母亲已年近八旬，患有高血压、偏瘫，生活不能自理。妻子王庆芝体弱多病，还要带3个年幼的孩子，最大的8岁，最小的只有两岁，生活非常艰难。如果这个时候孔繁森对领导讲讲家里的实际情况，组织上会考虑他的实际困难的。可是孔繁森想到这是党和国家需要自己的时候，自己不去总得有人去，可我不能因为家里有老婆

1979年，孔繁森第一次援藏前照的全家福

孩子，有年迈的老娘就有理由不去援藏，谁家又没有困难呢？于是，他做通了家人的思想工作，告别了家乡和亲人，五月，绿树成荫，榴花盛开的时候，孔繁森同山东援藏干部一起出发了。

火车到达西宁了，雄壮宏伟的青藏高原，天是那样的蓝，云是那样的白，水是那样的清澈，阳光是那样的炫目，可这里的气温却很低。离开山东时穿的是短袖衬衫，一进入高原他们就换上毛衣。在西宁经过短暂的休息后，援藏干部乘坐当地政府特别为他们派的一辆大客车，因为当时西宁到格尔木的火车还没有开通，更别说到西藏拉萨了。从西宁到格尔木，再从格尔木到拉萨，走的是青藏线109国道，全程要2000

多公里，如果顺利的话，少说也得走六七天才能到。孔繁森和援藏干部们就这样开始了他们在青藏高原上的第一次长途跋涉，青藏高原对于他们来说是那样的新奇，以至于他们不断兴奋地向车窗处张望，不时地发出阵阵惊奇的呼声。

日月山到了，这里初唐时名赤岭。位于湟源县西南，在青海湖东南，既是湟源、共和两县的交界处，又是青海农区和牧区的分界线，这里海拔3520米，是游人进入青藏高原的必经之地，故有"西海屏风""草原门户"之称。唐朝时的文成公主就是从这里进藏的。

过了日月山就进入藏区了。日月山东西两侧是两

日月山

文成公主和日月山的传说

据说，文成公主西出长安后，经过13个月的长途跋涉，才走到日月山，而到这里看到的却是狂风呼啸，莽莽草原，与长安一带的繁华截然不同，公主思乡之情油然而生，便取出临行前父皇赐给的日月宝镜。看到了熟悉的长安风貌和父王、母后的慈爱容颜，不禁泪流满面，痛断肝肠。然而文成公主知道自己重任在肩，毅然摔掉日月宝镜，继续西行。这一摔，天地之间轰隆一声巨响，日月宝镜顿时变成了两座相连的山峰，后人便称之为日月山。日月山的由来虽然是个传说，但文成公主进藏和亲却是真实的历史。当年公主从长安到日月山，坐的是轿子，走得很慢，如果继续坐轿子去拉萨，不知还要几年才能到达，于是文成公主决定改坐轿为骑马。为此，她在日月山停留一段时间练习骑马，终于掌握了熟练的骑术，跨上宝马继续向西进发，去完成她的和亲伟业。

种迥然不同的地域文化，东侧是黄土高原，是典型的汉族农耕文化区，远处望去可以看到汉族的民居和片片的耕地；西侧是青藏高原，是藏民族游牧文化区，不远处就是牧民的帐篷和成群的牛羊。站在山顶，向东眺望，一派田园风情；向西看，碧波荡漾的青海湖，海心山明丽动人，与田园秀色迥然不同。故有人说："登上日月山，又是一重天。"虽然是山的两侧，但这里是两个高原两种文化的分界处，也是两种自然气候的分界区，这里你可以时常看到东边日出西边雨这样的景色。

孔繁森站在日月山顶上，想到这里高度比泰山两个还要高了，心里豁然开朗起来。极目远望，蓝色的天幕一眼望不到边，绚烂的晚霞恰似一幅浓墨重彩的写意画，一湾浅浅的残月挂在遥远的东方空中。可转身西望，一轮红艳艳的太阳却还停留在地平线上，迟迟不肯离去，继续着与月同辉。平坦而又蜿蜒的柏油山路，在夕阳的映衬下闪闪发亮，宛如一条玉丝带飘绕在眼前，眼前的美景深深打动了孔繁森，就快到他工作的地方了。

可是没等孔繁森和援藏干部们到达目的地，困难先后不约而至了。晚上 10 点左右，天完全黑了下来，车停在了青海湖兵站部。坐了整整一天的车，车上的

两离桑梓地 满怀雪域情

援藏干部们都觉得很累了，两条腿也肿胀了起来，沉重得像灌了铅。可是每走一步却又像踩在云里，软软的不着实。孔繁森躺在床上，头有些疼，想要早点睡觉，却怎么也睡不着，高原反应就这样在不知不觉中袭来。夜深人静，远处湖水拍打岩石的声音都能听得到。夜里很冷，呼出的气都是一股白霜。床上被褥又潮又湿又重，到处都是冰冰凉凉的。

第二天的行车路线是从青海湖到茶卡盐湖，再到柴达木盆地，最后到达格尔木。这些地名都是出发前每位援藏干部在地图上看了不知多少遍，可今天就要身临其境了，都有一种说不出的兴奋。

清晨起来简单吃过早饭，孔繁森一行就整装出发了。刚刚还是响晴的天空，才出发不一会儿，头上就满是翻滚的乌云了，狂风也大作起来，荒野上的小砂

美丽的青海湖

石也被风吹得飞了起来，身边的空气中充满了刺鼻的尘土味，气压也低得让人喘不上气来。雨没有下来，可蚕豆般大小的冰雹漫天撒落下来，打得车顶和车窗乒乓作响，正下得起劲，天边却印出一道绚丽的彩虹，冰雹还没完全停下来，纷纷扬扬的大雪又飞舞起来了。就是这么不靠谱的天气，让孔繁森和他的同事们吃惊不已。

第三天的路线是从格尔木出发，经纳赤台、西大滩到昆仑山口，夜晚住宿在昆仑山脚下的养路道班里。孔繁森和援藏干部们都不同程度地出现了高原反应，

昆仑山口

两离桑梓地　满怀雪域情

——领导干部的楷模孔繁森

头痛得受不了，恨不得去撞墙。从车窗向外望去，巍峨挺拔的昆仑山脉像屏风一样耸立在眼前，群峰银装素裹，一直伸向远方。汽车像老牛一样大口大口地喘着粗气，慢慢地爬在空旷的大山之间，刚刚过了一座，另一座又出现在眼前，而且一座更比一座高，转来转去，没完没了。过了昆仑山口，已经海拔近4800米了，到了这儿才算是真正走进了青藏高原，走进了可可西里的无人区。

这时，同车的援藏干部们已经没有人再对着大山发出感叹的了，舌头不好使了，大脑也不好使了，说话都说不清楚，甚至不想再说话了。高原反应对人不单单是从身体上进行考验，在精神意志上也是一种考验。这时的孔繁森还在努力地记着走过的每一个地名，想象着各个地名的汉字都应该怎么写，这样他进入西藏后，头脑中就有了东西，有了印象。

第四天的行程先到不冻泉，然后从风火山口经五道梁到沱沱河镇，晚上住宿在沱沱河兵站。五道梁地势呈凹陷状，空气中含氧量仅为平原的40%，是人们所称的青藏线上的"鬼门关"。所有走过青藏线的人们都将这里视为生命的关口。当地关于五道梁的谚语有很多："五道梁，冻死狼，上了五道梁，难见爹和娘！""昆仑山得病，五道梁送命。"这些民间谚语道

五道梁

出了人们对五道梁的恐惧。走到这儿，一些同志开始出现了严重的高原反应，孔繁森也像他们一样，呕吐，心跳过速，头疼得要裂了一般。医生将仅有的半袋氧气给了孔繁森，可孔繁森推开了，他说我还行，把这留给更需要的同志吧。这时车上的一名援藏干部因为强烈的高原反应昏迷了，有了生命危险。医生决定将这位同志送到最近的兵站休息，可兵站在山脚下，车无法到达了。当车开到离兵站最近地点时，孔繁森抢先背起他走路奔向兵站。若是在平原，这一公里的路程算不得什么，可这里是高原，每走一步都是那么的艰难，更何况还要背着一个人。孔繁森一步一步艰难地行走着，他背负的不仅仅是同伴的生命，还有他自己的生命。到了兵站，孔繁森全身心地照顾着他，整整一天，在他的照顾和鼓励下，最终全体援藏干部一起平安地通过了五道梁。

　　第五天，孔繁森和他的同乡们艰难跋涉，从沱沱河经雁石坪，再路过唐古拉山口到安多，再到那曲，晚上到达当雄。

　　第六天，从当雄出发，途经羊八井，最后到达拉萨。

　　经过6天的跋涉终于到了西藏拉萨。这一路下来，让孔繁森印象深刻的是众多的道班和兵站。他们护理着祖国进藏的生命线，他们用生命和鲜血守卫着国门。海拔5230米的唐古拉山口有一座人民解放军塑像纪念碑，为了纪念修建青藏公路时牺牲的人民解放军，纪念那些牺牲的英雄们，在这样鬼神都不愿光顾的地方，是他们用生命修建了这样一条路，还是他们用青春维护着这条生命线的畅通。此刻的孔繁森深深地理解了

唐古拉山口有一座人民解放军塑像纪念碑

高原的性格及品质，真正地感受到高原那种无言的美，白雪皑皑的远山、山脚绿绿的草原、飘云一样成片的牛羊，还有那蓝蓝的水和蓝蓝的天。这是一种大美，一种无法用言语表述的美，这些每天都可以享受的美，会让他终生难以忘怀。

孔繁森还体会到了一种无言的热情，那些与蓝天白云、高山平湖交相辉映的五彩经幡，还有那被千年不变的清风带来的一遍遍传诵的经文，连同那些期待的人们的眼神，都是对他的真情表达，这是藏族人民和山山水水对他的欢迎。

西藏的经幡

第一次西藏情缘——西藏岗巴县

从山东来时，因孔繁森是聊城地委宣传部副部长，对口支援被任的是西藏日喀则地委宣传部副部长。可当他拿着通知书到日喀则地委报到时，一位地委领导对他说，你在这一路上的表现地委已经了解了，特别是你在五道梁奋不顾身救助同志的事迹，地委领导很赞赏。和他谈话的这位领导试探着问："派你去岗巴县

岗巴古堡

担任县委副书记怎么样？"孔繁森未假思索，痛快地说道："没有问题，我服从组织决定，我年轻，我去合适，大不了多喘几口粗气。"

孔繁森虽然刚到西藏，对西藏的情况只有一个表面印象，具体情况还不十分了解。可他知道，日喀则是西藏的第二大城市，生活条件、工作环境以及地理条件和气候条件都比下面的县优越。可他仍然和来西藏一样，没向组织上提任何要求，毅然决然地来到了岗巴县。他想，既然我来到了西藏，我就有决心干好，就应该真正懂得雪山，并且像一个真正的藏族同胞那样去热爱雪山。

岗巴县位于我国西南边陲，喜马拉雅山中段北麓，紧靠珠穆朗玛峰，在卓木雪山和康钦甲布雪山附近，

藏族的酥油茶和青稞酒

藏语"岗巴"是雪山附近的意思。距日喀则有310多公里的路程，离拉萨也有580公里。群山环绕之中有一片河滩谷地，有草有水，土地还算肥沃，能够种植青稞和放牧牛羊。这个县只有不到1万人口，70%多是高原丘陵，平均海拔4750米，境内自然条件比较恶劣，植被稀疏，是西藏有名的贫困县。

孔繁森带着行李来到了岗巴县委，一下车了就愣住了，除了山冈上有几个生锈的铁皮房子外，什么也没有了，连树和院子也没有。孔繁森有心理准备，但没有想到，一个县委驻地竟是这样寒酸，条件和自然环境都超出了他的想象。但他还是决定留下来，完成自己的事业。

　　孔繁森留下来后，经过短暂的休息后，就投入到了紧张的工作中来。

　　岗巴县有个乡叫苍龙乡，孔繁森为了发放过冬救助款和落实牧区定居村来到了这个乡。这个乡是个有名的穷乡，气候恶劣，自然条件差，生产落后，生活困难。可这里的名气还真不小，这里有着古老而又神奇的传说和不屈不挠的藏族先民。

　　位于岗巴县西南40公里的喜马拉雅山半山腰，有一座岗巴县内最大的寺庙，也是西藏历史上比较有名的寺庙，寺庙的名字叫曲登尼玛寺。相传建于吐蕃时期，距今有1300年的历史，现建筑面积6505.75平方米。据《西藏历史文化辞典》记载，曲登尼玛寺原名叫多杰尼玛寺，藏语含义为"经塔太阳"，公元8世纪中叶，印度佛教大师莲花生（藏传佛教"宁玛派"祖师）受西藏吐蕃赞普赤松德赞的邀请到西藏传播密教，返回印度时在岗巴县的确姆约钦和康钦甲布雪山脚下的山洞里修行，并修建了曲登尼玛寺。在离曲登尼玛寺三四里地的山腰上，有一股清泉，千百年来一直流淌不息。说起这股清泉还有个传说。很久以前雪山下瘟疫流行，老百姓日子过得特别艰难，当听说莲花生大师来到这里后，男牧人和女牧人向莲花大师提出请求，为人间留下一口医治百病的神水。随后莲花生大师念起了经文，用手杖在山腰间捅出一口泉水，泉水汇聚到山下形成了"照见湖"。这泉水是赐给百姓医治百病的圣泉，这湖是洗去百姓烦恼忧伤的洁净之湖。

当地民众非常崇拜莲花生大师和关于他的传说，每年到了春天和秋天的时候，各地群众扶老携幼到这里朝拜、沐浴、喝甘露，临走的时候还要带上很多的水回去送给亲朋好友。

孔繁森每次看到雄伟的雪山，想起关于莲花生大师的故事，他都暗暗地想，我是一名共产党员，我一定要以实际行动带领当地百姓早日过上好的生活。他是这样想的，也是这样做的。在岗巴县的3年时间里，孔繁森有一大半时间都是奔波在牧民之间，为他们求

刻着文字的玛尼堆

医送药办医院，为他们解决生产和生活中各种实际困难，这困难哪怕是一点点小事情，他也要不顾生命安危，想方设法给予解决。

在岗巴县，他仅仅用56天就跑遍了这个县所有的公社和村庄。他很快就克服了高山反应，学会了骑马，熟悉了藏语。他的工作手册上像记英语单词一样写着当地的语言：祖父叫阿呢，祖母叫阿歪，父亲叫阿爸，母亲叫阿妈……他要懂得雪山，首先要懂得藏族同胞。他学会了像真正的藏族同胞那样去吃羊肉，那是在牛羊粪火堆里烘出的羊肉，还带着血丝。他用刀一片一片割着吃，吃得津津有味。他学会了吃糌粑，喝酥油茶和青稞酒。孔繁森很快就适应了雪域中的一切。

有一次孔繁森到牧民家去慰问，他骑的马被牧民

家的藏獒一阵狂吠所惊吓，猛地狂奔起来，孔繁森被狠狠地摔了下来，可他的一只脚还被套在马镫上，被惊马拖出几十米远，摔落到深沟里，失去了知觉。闻讯赶来的藏胞们，找不着担架就摘下门板抬着他，在冰天雪地里一气跑出30多公里，把他及时送到县医院里抢救。孔繁森的伤势非常严重，脑震荡，颅骨骨折，昏迷了七天七夜。当他醒来睁开眼睛时，第一眼便看到守护在身边的藏族牧民，看到的是他们焦急的目光和老阿妈手中不停转动的经筒。他感动得落下眼泪，多么淳朴的百姓呀，我一定要为他们多做好事，多做实事。当医生和同志们劝他回去好好休息一段时间才能工作时，孔繁森不顾大家的劝阻，头脑刚刚清醒一些就又下乡访问农户去了。

游牧的藏民

"高原红色边防队"——查果拉哨所

在岗巴县境内有个边防独立营，1965年10月，该营的查果拉哨所被国防部命名为"高原红色边防队"。这个位于青藏高原的查果拉哨所是我军最高、最艰苦的边关哨所，海拔5370米。这里高寒缺氧，含氧气量只有内地的35%，年平均气温在-10℃以下，是世界上所有哨卡中离太阳最近的边防哨所。在这里的官兵执行珠峰地区的边防保卫工作，并且担负着扎果拉、控扬米和西西拉三大山口的巡逻任务，每个山口海拔都在5500米以上，途中要爬雪山、蹚冰河、越险滩，其难度可以想象。

虽然艰苦，但是边防战士们不怕。他们以"艰苦不怕吃苦，缺氧不缺精神"为口号，坚守着这个祖国边关的哨所，默默地奉献着。哨所组建以来，先后有10多名官兵长眠在这里，他们为这里的安全和生态环境保障做出了无私伟大的奉献。

孔繁森到岗巴县工作后，只要一有空就去哨所看望战士们。查果拉哨所地理位置非常重要，离边境线最近的地方只有19公里，山的那边就是曾经的锡金国。当年英军入侵西藏，就是从岗巴边境的这儿打开

两离桑梓地　满怀雪域情

领导干部的楷模孔繁森

缺口的,它是我们祖国西南边陲的大门。这样一个哨所,不容省略。查果拉,过去解释是"土匪出没的地方",可自从有了人民解放军以后,这里又有了新的说法,叫作"鲜花盛开的地方"。光秃秃的山,还会浮现出一张张黑红的面庞,还会听见战士们的歌声:"金色的草原开满鲜花,雪山顶上有个查果拉……查果拉山高风雪大,山上自古无人家……"这首著名的歌叫《鲜花献给查果拉》,每个查果拉的兵都会唱,每一代查果拉的兵都会唱,从20世纪60年代唱到今天。

"查果拉,查果拉,山高风雪大,山上自古无人家;查果拉,查果拉,伸手把天抓……"查果拉的四周十分荒凉,生火取暖、取水做饭这在旁人眼里再正常不过的日常生活，可在这里要完成一项都是十分困难的任务。战士们每天吃些什么呢？所有食物都是从山下运来的罐头食品，在这个哨所的战士几乎从来没有吃过新鲜的食物。看着那些长年累月一成不变的罐头食品，别说在高原，就是在内地又怎么会有食欲呢，可战士们还要去站岗放哨，还要去值勤。孔繁森看着战士们被高原紫外线晒得黑红的脸，皲裂青紫的嘴唇，心疼得眼泪不自觉地流了下来。他说，我一定要想方设法为战士们解决这些困难。岗巴不产蔬菜，于是孔繁森就利用一切去日喀则和拉萨的机会，为战士们采购蔬菜，他还把山东老家寄来的茄子干、豆角干、地瓜干等，拿出一大半送给战士们。

孔繁森在岗巴的 3 年时间里，经常去看望哨所的战士们，也经常去看望巡逻途中牺牲、长眠在这里的 10 多名官兵。每次去看望他们，孔繁森的心都感觉像接受一次洗礼。每每置身于这阳光中，这蓝天下，这雪山旁，自己从肉体到灵魂都在不知不觉中变得纯净了，清澈了。

3 年的援藏时间很快就过去了，孔繁森圆满地完成了援藏工作，就要回山东老家了。

孔繁森要离开岗巴的消息很快传遍了全县，藏族同胞们不管多远，都纷纷从四面八方赶来，送哈达，敬青

两离桑梓地 满怀雪域情

稞酒，都想要再看一眼孔书记。寒风中，县委门前挤满了前来送行的百姓，一条条洁白的哈达，是藏族同胞们最纯洁的心，一碗碗香醇的青稞酒，代表了藏族同胞最真诚的情意。人们满含着热泪，颤抖着挥舞着手，护拥着孔繁森上了车。孔繁森的车已经走得很远了，可人们挥舞着的手臂还没有放下来，送行的人群还久久不愿散去。孔繁森再也止不住自己的泪水，就在那回过头的一刻，泪水已经浸湿了胸前的哈达，他爱这里的每一寸土地，更爱这里的每一个人民。

藏族群众向孔繁森敬献青稞酒

回乡第一岗——山东莘县

    1981年，孔繁森满怀着岗巴人民的眷恋回到了山东聊城。当又黑又瘦的孔繁森出现在妻子和孩子面前时，妻子王庆芝心疼地哭了起来，3个孩子也远远地站在一边，不相信这个人就是他们日夜思念的父亲。孔繁森笑着对亲人说："我这个样子不是很好吗，黑是一种健康，虽然瘦了些，但我的骨头硬呀。"小女儿扑到爸爸怀里就问："爸爸，你给我们带回来什么好吃的东西了？""你们自己翻翻看吧。"孩子们翻了一通，除了几件缝了补丁的衣服外，就是一个木头菜墩。孩子们失望地撅起了嘴。孔繁森把3个孩子搂到怀里，对他们说，西藏的生活要比咱们苦多了，我回来时把所有的钱和东西都给了那边的老人、孩子和穷人，也就没有钱给你们买好东西了，等爸爸发了工资一定给你们补上好不好。

    按要求，援藏干部回来后都要休假一段时间，可孔繁森只进行了短暂的休息后，就被任命到莘县担任县委副书记。莘县离聊城不远，孩子们本以为这下可以天天看到父亲了，可孔繁森在莘县一干就是4年。因为工作忙，孔繁森每两个月才回一次家，每次回家

两离桑梓地 满怀雪域情

山东莘县

也是一走一过，匆忙和家人见一面就又走了，孩子们的生活和学习他一点也照顾不上。

孔繁森经常深入到基层，有一次在莘县单庙乡开展工作，一住就是105天。这3个多月的时间，他无论什么时候下乡检查，都是自己花钱买饭票吃乡里的食堂。如果回到县里过了食堂开饭的点儿了，他总是自己买个凉馒头，就着大葱和大蒜完成了他的晚餐。食堂的师傅每每看到这儿就心疼地对他说："孔书记，您工作本来就很辛苦，不能这样对付呀，我给您单做一碗汤，不费事的，您总是吃凉饭别吃坏了身体。"孔繁森却说："不麻烦了，你们也快下班吧，这比过去不强多了，那时哪能吃上白面馍，不用太讲究，能吃饱就行了。"

　　孔繁森生活中非常节俭，家里的生活不是很宽裕，他经常是一双袜子缝了再缝，一条裤子洗得发白了，可他也舍不得丢掉，出洞了补一补又穿。他的办公室里时常准备一个针线包，衣服破了自己穿上针就补。一次县委通信员看到他的一件背心已经烂得不能再穿了，随手就给丢了，可孔繁森发现后又偷偷地捡了回来，洗洗补补又穿上了，通信员见到了他解释说，反正要穿在衣服里面的，外人看不到，没有关系的，不会有坏影响的。

　　在莘县任县委副书记期间，他识大体、顾大局、讲团结、求进取，作风实，在莘县的干部群众中留下了深刻的印象。

　　1986年，孔繁森调任聊城地区行署办公室副主任，分管外事工作。不长时间，孔繁森又调任聊城地区林业局局长。担任林业局局长几年里，他办事雷厉风行、任劳任怨，作风严谨、工作认真，平易近人、和蔼可亲，一提起孔繁森，同事们无不交口称赞。

　　孔繁森从上学时就非常喜欢看书，也喜欢买书，他每到一个地方，只要有时间，就到新华书店去逛。别看生活上十分简朴，可他遇到自己喜欢的书，从不吝惜手中的钱，毫不犹豫地将它买下。他喜欢古诗和

古文，把诸葛亮的"鞠躬尽瘁，死而后已"和范仲淹的"先天下之忧而忧，后天下之乐而乐"写在自己的日记本上，当作自己的人生信条和道德准则。

孔繁森曾说过："人生其实十分短暂，一个人如果想在事业上有所发展，业务必须要精，这样才能对社会做出更大的贡献。"他认为，现代社会变化加快，对个人素质的要求也越来越高，一个人不可能把所有的事情都弄明白，但自己业务范围内的知识一定要精通，这样才能有效地开展自己的工作。

第二次西藏情缘——西藏拉萨

1988 年，孔繁森已担任了聊城地区行署副专员。

这一年孔繁森再次面临着人生的重要抉择。山东省委组织部选派援藏干部领队时，再一次认定孔繁森是最合适的人选。

这次各地援藏工作不同以往，中央对推荐的干部要求极严，必须要政治上过硬，能够适应西藏艰

孔繁森

苦的生活，还要有丰富的领导工作经验，领队要在副厅级岗位工作过。省委组织部在考虑这一人选时，第一个就想到了孔繁森。孔繁森担任过地委宣传部副部长、县委副书记、行署办公室副主任、地区林业局局长、行署副专员等多个领导职务，最重要的是他进过藏，且对西藏和藏族同胞有深厚的感情。因此，省委组织部又一次将孔繁森列入援藏干部名单。

当省委组织部的领导找孔繁森谈话时问他，有什么困难吗？其实这一次和第一次援藏不一样，孔繁森自己心里很清楚，自己的困难很多，母亲80多岁了，一直瘫痪在床，生活不能自理，全靠家人照顾。妻子积劳成疾，最近几年接连动了几次大手术，体弱多病，也需要照顾。3个孩子都还未成年，学习和生活上也需要有人搭一把手。最关键的是自己的身体大不如前了。如果再去西藏，家里这么重的担子都交给妻子，这能行吗？

当省委组织部的领导问到有什么困难时，他回答的与10年前一样，而且没有犹豫："我是党的干部，坚决服从党的安排。"

第二次援藏的事情就这样定下来了，可这要怎么样和家里人说呀？孔繁森真是犯了难。

于是孔繁森决定，带着妻子和孩子到北京玩几天，

035

两离桑梓地　满怀雪域情
——领导干部的楷模孔繁森

在合适的时候对家人说。当孩子们听妈妈说爸爸要带他们去北京时，都欢呼雀跃，兴奋得像鸟儿一样唧喳起来，但此时的孔繁森，别提心里有多酸。对于妻子和孩子来说，幸福和快乐就这样简单，他们这样容易满足，可这些年自己又给了他们什么，太少了。当全家人站在毛主席像前幸福地合影留念时，孔繁森的心里像针扎一般疼痛。孔繁森为孩子们照了许多张照片，他想把孩子们最快乐的笑容装在自己的心里。

回到家里，随着离出发的日子越来越近，孔繁森尽量抽出时间多帮妻子做些家务，尽可能地陪陪孩子和老母亲，他知道做出的这个决定已经无法更改。这天夜里，孔繁森辗转反侧，无法安睡，妻子已看出他有话要说就问，你是不是有事情要说。孔繁森鼓起勇气说："庆芝，组织上又安排我去西藏了……"话还没说完，妻子的眼泪唰地涌了出来，止不住地滴落下来。

孔繁森做了许久妻子的工作，最后妻子还是流着泪对他说："既然你已经下决心要去了，俺也不拦你，家里就不用你操心了，我会照顾好娘和孩子们的。"

孔繁森是有名的"大孝子"。无论他当宣传部副部长时，或是任莘县县委副书记时，还是他担任岗巴县县委副书记时，从西藏探亲回家，只要一有闲暇，便帮老人洗脚，洗脸，梳头，剪指甲，背着老人看电影，

这张照片拍摄于1994年中秋节前，是一代干部楷模孔繁森生前为母尽孝的珍贵资料

推着小车载着老母亲看花灯……他不仅身体力行，还经常教育其他干部。他曾严厉批评过一个对父母不孝敬的干部，他说，一个连自己亲生父母都不孝敬的人，肯定对同志没有诚意，对党的事业也不会忠诚。

就要走了，孔繁森一大早就来到了母亲的身边，默默地用手指为她梳理着稀疏的白发，他为母亲擦脸、喂饭，然后，贴近母亲的身边，声音颤抖地说："娘，儿又要出远门了，到很远很远的地方去，要翻过好几座山，过好多条河。"已是风烛残年的老母亲，她抚摸着儿子的头问："咱不去不行吗？"孔繁森哽咽着说："不行啊娘，咱是党的人，咱得给公家办事啊……""那你就去吧，俺知道公家的事儿误了不行，多带些干粮、衣裳，路上可别喝凉

两离桑梓地　满怀雪域情
——领导干部的楷模孔繁森

水……"老母亲心疼地认可了，孔繁森再也抑制不住自己的感情，"扑通"跪倒在老母亲的面前，流着眼泪对母亲说："娘，儿走了，您可要多保重啊！"说完，给老母亲磕了一个头，便毅然踏上了前往西藏的征程。

临行前，孔繁森请山东著名的书法家为自己写了一副对联："是七尺男儿生能舍己，作千秋鬼雄死不还乡。"表明了他进藏的决心。

1989年秋，孔繁森带领15名山东省援藏干部抵达了拉萨，他被组织任命为拉萨市副市长、党组副书记，分管文教、卫生和民政工作。

到拉萨后，孔繁森为了熟悉情况，开展了全面的调查研究工作。白天他处理市政府的日常工作，晚上骑着自行车在拉萨市里一所学校一所学校地进行走访，了解学校教职工的工作和生活情况，想方设法解决学校存在的实际问题。

也就是这一年，西藏师范学院的学生们因为"达赖集团"策划"3·14"骚乱事件受到影响，思想波动很大，孔繁森多次到学校与学生们谈心，直到深夜才一个人骑自行车回往住处。这一个来回将近两个小时的路程，又是在这样高海拔的地方，每次孔繁森回到家里，都要坐在那里不动，费力地喘上许久的气，半天都缓不过来。就是在他的影响和帮助下，同学们很

快就转变了思想，全力以赴地投入到了学习中。

孔繁森于 1961 年入伍，服役在济南军区总医院。虽然当一名警卫战士，但因为耳濡目染和刻苦自学，他成了一名粗通医术的"编外医生"，家人和朋友有了头疼脑热的，总断不了让他看，一来二去，积累了不少临床经验。孔繁森第一次进藏工作时，了解到农牧区缺医少药的情况，心里很不平静。1988 年，他第二次赴藏，随身的物品里就多了一个小药箱，每次下乡时，他都用自己的钱购置药品装满小药

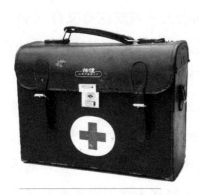

孔繁森用过的急救箱(现保存在孔繁森纪念馆)

箱，工作结束后，他的身边总围着一群等候看病的农牧民，他认真地听诊、把脉、发药、打针、直到小药箱空了为止。

孔繁森给老人洗脚

孔繁森心里一直装着藏区的老人和孩子们。有一次孔繁森带着准备好的食物和日用品来到了拉萨市堆龙德庆县的一家敬老院。这里有十几位无依无靠的老人，前一段时间孔繁森检查工作时来过这里。到了敬老院后，孔繁森特意到了聋哑老人琼琼老阿妈房间，看到老人一双脚冻得又红又肿，就打来一盆热水亲自给老人洗脚，洗完了还把老人的脚放到自己的怀里暖着，感觉不凉了才把老人安置到床上，为她披好被角。回到拉萨的第二天，孔繁森就把准备给母亲的一双新布鞋捎给琼琼老人。从此以后，每当孔繁森来到敬老院，来到琼琼老人的小屋，老人就高兴得哇哇地叫喊起来。每次来孔繁森都拿着热乎乎的包子，用手掰开一口口地喂到老人嘴里，老人边吃边流泪，虽然她不会说话，但她心里明白，谁对她好，谁真心关心她。

孔繁森在拉萨市任副市长期间，全市56家敬老院和社会福利院，他走访了48家，有些老人他会时不时地去看望，每次去都为他们带些什么。他时常对身边的工作人员说，我每次见到这些老人，就想起远在家乡的老母亲，照顾好这些老人，也算是为我的老母亲尽孝道了。

孔繁森还十分关心这里的孩子们。一次，孔繁森到拉萨市尼木县卡若乡调研时，听说指南村有所村办小学，学校只有一名女老师和6名学生。女老师还有自己的4个孩子，可她基本照顾不上，全身心地投入到学校教学和学校的孩子身上，每天步行很远的路来

孔繁森和藏族儿童亲切交谈

孔繁森关爱藏族儿童

到这里给孩子们上课。孔繁森听到这些十分感动，他下定决心一定要看看这位老师。

同志们说，这去指南村要翻过几座4000多米的大山，没有公路，车子开不进去，只能爬山徒步走，同志们都有些为难心理，可孔繁森一定要去学校看看，想为学校办点实事儿。走到山上，孔繁森就有些后悔，感觉自己像是踩在松软的棉花垛上，抬一次脚是那么的困难。身后的同志也都喘不过来气，嘴唇发紫，这是高山缺氧导致的，万一同志们出点儿什么事情，那可怎么办？可他十分挂念山那边的小学，克服一切困难也要去看看孩子们。

当孔繁森和他的同事们到达山顶时，从大山阴面有一片乌云翻滚着向这边涌来。同行的藏族干部十分有经验，带领大家迅速躲到一块巨石下，刚一站稳脚，天空一下子暗了下来，狂风夹着大雪从天空中狂泻下来，同志们互相挽着胳膊紧紧拥抱在一起，时间也好像静止了一样，每个人都感觉像是要被冻僵了。不知过了多久，雪过天晴，睁开双眼一看，同事们都已经成了雪人。看看表，只有5分钟，可就是这短短的5分钟，他们经历了白昼与黑夜的交替，经历了盛夏与寒冬的轮转，经历了生与死的洗礼。这样的大雪如果下上半个小时，他们也许就会永远伫立在这雪山上，成为用冰做的塑像了。

当孔繁森和同志们到了小学校时，老师和学生们惊讶得半天没有说出话来。孔繁森仔细询问了老师、孩子和学校的困难，并且一一记录下来。他对老师说，我们会想尽一切办法，把学校、孩子和老师的困难给解决好。

孔繁森到任后，仅仅用了4个月时间，就跑遍了全市8个县区的所有公办学校和一半以上的民办小学，走访教职工600多人，牢牢掌握了全市基础教育的基本情况。

第二次出征西藏

孔繁森

我不喜欢孤独的吟唱，

我不喜欢哀婉的忧伤，
我喜欢淋漓的欢乐，
我喜欢火热的生活，
我喜欢国土的广阔。
今天，接到命令：
奔赴西藏，第二次奔赴西藏，
我又陷入遥远的回忆——
想那片草原，
想那片有蓝天、白云的高原，
想那片酥油茶飘香的高原，
想那片流淌草原牧歌的高原，
想那片剽悍雄性的高原，
想那片佩藏刀饮大碗青稞酒的高原，
想那片雄伟高大的天然屏障，
过去了，又走回来——

离开故乡，离开那片养我育我的平原，
我不敢再想白发老母倚门望我归家。
我怕太阳下山之后，
大野里传来母亲的呼唤，
唤我，唤我，归家；
我怕那门前的酸枣树开花又结籽，

红透了以后，攥在母亲的手掌之中，
等我，等我，等我回家——

谁都有儿女情长，
羊羔跪乳，燕子衔食，
我知道男儿应该远行，
离家之前，我只想说——
祖国的每一寸土地都养人。
我知道出征的路程和分量，
我知道荣誉和牺牲、胜利和艰难，
绝不会单一降临到一个人的身上，
我要用妈妈的教诲、妻子的期待、
朋友的支持，来激励我勇敢顽强
地站立在祖国的高原——西藏。
为了祖国的每一寸土地的繁荣昌盛，
我愿做雪山上的一盏明灯，
把祖国的边疆西藏照亮。

将军的鼓励——同呼吸、共命运、心连心

　　1990年8月的一天，随同江泽民总书记进藏考察的中国人民解放军总参谋长迟浩田同志，带着一行人

迟浩田为孔繁森题词：心连心　同命运　共呼吸

谈笑风生地来到孔繁森的住处。将军里里外外地看了看孔繁森在拉萨的家，简单的厨房，简单的办公室，还有一排简单的书柜。最贵重的东西就算是那个不大的电视机了，还是市委机关给配备的。一切都是那么的简陋，简陋得让将军心疼。待将军坐下，孔繁森想招待一下这位首长兼老乡。可是，家里空徒四壁，连暖水瓶都是空的。怎么办？总不能让将军干坐着吧！这时，他突然想起方便面箱子里还有几个肥城的大蜜桃，便拿出来招待将军。将军盛情难却，便吃了一个，吃完洗手时，想找块香皂，却怎么也找不到。

将军怎么也想不到，孔繁森进藏十多年，一块香皂也没买过。因为，他是舍不得买。将军说："我一到拉萨就听驻地部队的说起你，他们对你是称赞有加，我能有你这样的老乡，我感到骄傲。来到这里，没有什么送你的，就给你写几个字吧。"

于是将军挥毫写了"心连心 同命运 共呼吸"几个大字。

孔繁森双手捧起散发着浓墨清香的宣纸，思索着这9个字的意义，他明白将军的心愿，更明白这份礼物的分量和内涵。

孔繁森把将军的这幅字挂在屋里最显眼的地方，让它时刻鞭策和鼓励自己。孔繁森也是这样做的，在西藏工作和生活的日子里，他真正做到了同西藏人民心连心、同命运、共呼吸。

尼木县穷母岗日峰下的吃草羊群

——领导干部的楷模孔繁森

两离桑梓地 满怀雪域情

孤儿的寄托——离不开的汉族爷爷

    1992年7月，拉萨市墨竹工卡县、尼木县、当雄县带发生里氏6.5级强烈地震。震区是平均海拔4600米的牧业区，藏族同胞的碉房、干打垒的土墙有的已经成了废墟，公路和桥梁也出现了不同程度的损坏，而且还有一些群众受了伤。此外，尼木县境内海拔7408米的穷母岗日峰还因为地震而发生了雪崩，尼木玛曲河出现了大量的泥石流。

    孔繁森听到这些消息，再也坐不住了。他收拾了一下行装，带上急救箱和一些简单药品踏上了前往灾区的路。

    当时已经是晚上7点多了，孔繁森还没有吃晚饭，勤务员有些犹豫，天已经黑了，地震后的路况不明，随时还有余震发生，这样行路十分危险。于是他建议孔繁森吃过晚饭休息一晚，明天早上再走也不迟。孔繁森急了，他说："这都是什么时候了，个人安危算得了什么，这些都是人命关天的事，灾情就是命令，这个时候百姓最需要我们，马上走！"

    脚下的路还在不时地颤抖，路边的山上还不时有石头滚落下来，一路上看不到车，也看不到牧人和牛羊，阴雨中的天空寂静得有些阴森恐怖，除了汽车马达的声音外，能听到的就是几个人急促的呼吸了。

泥石流把公路阻断了，孔繁森就和勤务员一起用绳子从淤泥中往外拖吉普车。在淤泥里向前迈步，每走一步都是那么的艰难，手脚、肩头都被划了许多伤口，可孔繁森依然咬着牙坚持着，坚定地一步一步向前走。

第二天晚上，孔繁森终于到达了尼木县，从拉萨到尼木县城，正常情况也就走几个小时，可孔繁森他们整整走了一天一夜。尽管孔繁森又累又饿又困，可他立即召集了县委领导开了会，研究部署抗震工作。

天亮的时候，孔繁森又带着县里的工作队走访慰问受灾群众、查看他们的灾情去了，又是一个没有休息的夜晚。

尼木县羊日岗乡彭岗村是个有名的陶村，这里的藏族同胞烧制的陶器已经有100多年的历史了。这次地震这里受灾很重，村子里不少房屋都倒塌了，孔繁森挨家挨户地查看。当走到一处废墟一般的土房子前时，他远远地看到有3个孩子在大声哭泣，脸抹得黑黑的，小手也黑黑的，就连身上穿的衣服也黑黑的一片，看不出原来的颜色。3个孩子看着他们走了过来，停住了哭泣，无助、忧郁的眼睛默默地注视着，就像3

两离桑梓地　满怀雪域情

——领导干部的楷模孔繁森

孔繁森和夫人王庆芝，儿子孔杰，女儿孔玲，还有收养的两个孤儿

只迷途的羔羊。

孔繁森看到3个孩子的样子，心疼地落下眼泪。他立刻上来搂住3个孩子。怎么办，他们的父母都在这次地震中死去了，他们这么小，不能不管他们。然后他对县里干部说："先安排他们吃和住，其他的事情由我来办。"

第二天，他来到3个孩子身边，给他们送来了吃的喝的，还有睡觉用的羊皮筒子。

第五天，他又来看望3个孩子，看着抽泣的孩子们，孔繁森无论如何也放不下心来，于是他决定带这3个孩子回拉萨去，他要收养这3个孩子。

同志们一听他要收养这3个孩子，都十分吃惊。他有九旬老母，重病的妻子，自己还有3个子女，他每个月的收入又不高，不是为福利院的老人买东西了，就是送给了困难的人们，他又一个人在拉萨生活，哪有条件和精力照顾3个孤儿。

　　可孔繁森没有想那么多，他还是把3个孩子领回了家。从此，3个可爱的孩子给孔繁森的生活带来了无尽的欢乐，他们亲昵地称孔繁森"爷爷"。这3个孩子中，大一些的叫曲尼，12岁，老二叫曲印，7岁，小的只有5岁，名字叫贡桑。

　　可这3个孩子也给孔繁森带来了麻烦和无止无休的家务。孔繁森自己虽然有3个孩子，可他从来都未

工作之余，孔繁森抽出时间帮助孤儿学习功课

操过心，都是妻子一手拉扯大的。如今他一个人孤身在外，既要工作，又要带孩子，辛苦和劳累可想而知。晚上工作了一天的孔繁森回到家里，先要给孩子们做好可口的饭菜，然后再教他们读书识字。节假日，只要空闲，他总是同孩子们一起娱乐，上街给他们购买衣物和书籍。

收养孤儿后，孔繁森在生活上更加拮据，1993年的一天，他悄悄地来到西藏军分区总医院血库，要求献血，其实他是为了孩子们来卖血。就这样孔繁森在一个多月的时间里，先后三次以"洛珠"的名义献血900毫升，共收取医院付给的营养费900元，都用于生活补贴。900毫升鲜血蕴含了孔繁森对这3个藏族孤儿深深的爱！

佛教宗典上有以身饲虎、割肉贸鸽的故事，那是遥远古老的传说。可今天，一个共产党的领导干部却以卖血抚育两个藏胞孤儿，当他家徒四壁、生活十分拮据时，他却用满腔滚烫的热血，去诠释一种炽如烈火的爱……

后来，拉萨市市长洛桑顿珠见孔繁森的负担太重了，就领养了女孩曲尼。

第三次西藏情缘——西藏阿里

1992年底，孔繁森5年的援藏工作就要结束了。山东省委组织部通过对孔繁森援藏工作期满考察，对他在西藏期间的工作表现给予了充分肯定和高度评价，对他返回后工作也进行了安排。这一天，孔繁森兴奋地给家里打了个电话，我援藏工作就要圆满结束了，用不了几天就要回家了。妻子王庆芝接到这个电话后，高兴得半天说不出话来，她盼的就是这一天，她多少次梦里梦的都是这一天，她盼望全家团聚的日子已经很久了。

可生活又一次给他们夫妻开了大大的玩笑。西藏原阿里地区的地委书记因身体不好调离了工作岗位，现在急需一名汉族干部去接任。在西藏自治区党委会议上，大家一致认为孔繁森是最合适不过的人选，可大家又担心孔繁森不会同意。

自治区委主要领导和孔繁森谈了话，孔繁森再一次面临着命运的抉择。当征求他的意见时，孔繁森沉吟了一下回答说："我听从组织安排!"家里有困难吗？孔繁森说："困难有，还不少，但自己会想办法克服的。"领导又说，阿里地区很偏僻，自然条件十分恶

两离桑梓地 满怀雪域情

——领导干部的楷模孔繁森

劣，群众也很贫苦，生活会非常艰难的，你要有心理准备。孔繁森说："请领导放心，我决不会辜负党对我的期望。"

这一年，孔繁森已经48岁，他先后两次进藏，一共工作了8年，把他生命中最好的年华都给了西藏，给了西藏的人民。西藏已经成为他生命中最重要的一部分，他已经把根扎在了西藏这块土地上。

妻子的盼望再一次落空了，家人也不知道这样的日子什么时候是个头。

阿里地区，位于西藏自治区西部，与印度、尼泊尔、克什米尔地区接壤，全地区面积约31万平方公里，相当于两个山东省，平均海拔4500米，共辖7个县，人口仅6万。阿里地区地广人稀，是世界上人口

阿里措勤风光

密度最小的地区。阿里是喜马拉雅西山脉、冈底斯山、喀喇昆仑山脉相汇聚的地方，又是境内外几条著名江河的发源地，故阿里又被称为"万山之祖""百川之源"。这里，山峦连绵起伏，湖泊星罗棋布，原野辽远无际。因此，阿里的地貌以冰雪、册岩和湖泊为其特征，历史上曾经把这种特征概括为冰雪围绕的"普兰"、岩石围绕的"古格"、湖泊围绕的"玛宇"，总称为"阿里三围"。

阿里一向以神秘著称，是一片充满信仰的土地。不仅这里的山高路险、干旱缺氧、气候恶劣、人迹罕见，这里的"神山圣湖"、古老的古格"灵幻传说"更令神秘的高原上空笼罩着一种诡谲气氛。

神山冈仁波齐

两离桑梓地　满怀雪域情
——领导干部的楷模孔繁森

孔繁森拍摄的班公湖

人们将西藏喻为世界屋脊，阿里则是世界屋脊的屋脊；人们视西藏为文化之谜，阿里则是谜中之谜了。追随朝圣者的足迹，可以去朝"信仰之山"冈仁波齐和"江河之母"玛旁雍错，从皑皑冰雪和冥冥波光的暗示中，从山湖之间的庙宇传出喃喃诵经声中，去领悟山神水灵和哲人智者的启迪；在雄浑古朴的古格王朝遗址前，逝去的时间之流似乎在缓缓回流，让人惊叹于前人的业绩和伟大的艺术创造，从而发思古之幽情；在碧波荡漾的班公湖和万鸟岛，那些飞舞的精灵扇动洁白的翅羽，把大地的灵感带往蓝天，又把蓝天的气息带到大地，在自然的和谐中感受真正的美；在草原的帐篷里品着酥油茶，听着牧民唱着歌、谈论着传奇，随着那粗犷的旋律跳起奔放的舞蹈，油然而生一种对古朴民风的仰慕……在这些历史之谜、文化之谜、宗教之谜背后，有着一位更加伟大的自然之神。

1993年4月4日，孔繁森从拉萨起程，经北道前往阿里赴任。孔繁森在西藏先后工作了8年，但来阿里还是第一次。可是他对阿里并不陌生，来之前他就到自治区各个部门跑了个遍，将阿里地区的各项经济社会发展数据和自然地理概况都了解清楚，并记录在他的笔记本上，一路上还在不停地翻看。

几天的行程中，孔繁森一直处在强烈的高原反应中，他头痛头晕，四肢无力，没有食欲，也睡不着觉。但他却极力让自己保持清醒的状态。

一路走来，先是一望无际的戈壁，这里是世界上离太阳最近的地方，阳光充足，耀眼明亮。过了许久，孔繁森一行又来到了班公湖。阿里是一个雪山环绕、历史悠久、古迹遍地的古老文化世界，同时由于这里幅员广阔，海拔高，地形复杂，河湖众多，气候独特，又是中国一些特有珍贵动物的乐园。长期以来，由于地域的特殊和不便的交通，这里生态环境保持完好，基本呈原始状态，成为野生动物的乐园。在这天然动物园中，最集中、最吸引人的当属班公湖万鸟岛。在"世界屋脊"上，能有一个鸟的世界，这应该说是一个奇迹，它使风光绮丽、历史古迹众多的阿里高原又增

阿里班公湖万鸟岛

添了一大特别景观。

　　眼前的一切令孔繁森着迷，天气有些阴暗，站在湖边，对于已经到来的审美眩晕，他的内心如大海一般汹涌澎湃。它没有圣湖玛旁雍错的色彩斑斓，却有一种莫名的吸引力，让人震撼。为了祖国西南边陲这片神圣壮美的山山水水，个人做出再大的牺牲也是值得。

　　一天夜里，孔繁森一行风尘仆仆地来到了阿里地区措勤县境内。

　　第二天上午，孔繁森不顾旅途劳累，立即召开了县委、县政府干部大会，听取有关情况汇报，商讨结合地缘优势，探索适合当地发展的路子。会后，他又去慰问了当地驻地部队。

第三天一大早，孔繁森一行匆忙吃完早饭又上路了。

不长时间，就来到了距离拉萨240公里处的纳木错。纳木错是中国第二大咸水湖，是世界上海拔最高的大型湖泊。白云连绵数公里的纳木错使每个到过纳木错的人，整个灵魂都仿佛被纯净的湖水所洗涤。站在纳木错边，这世界上最高最美的神湖让人震撼，仿佛置身于一个蓝色的世界。淡蓝、浅蓝、灰蓝、宝蓝、深蓝以及深邃如墨一样的蓝黑，这由浅而深的蓝色，蓝得清澈，蓝得丰润，蓝得迷人，似乎包容了世界上一切的蓝色。

头顶深邃而疏朗的蓝天，与纯净的湖水浑然一体；远处雄奇皑皑的雪峰犹如琼楼玉宇，忽隐忽现；湖边的草地犹如一张巨大的绿毯，无边无际。湖面雾霭茫茫，太阳升起云消雾散，浩瀚无际的湖面在清风

两离桑梓地 满怀雪域情
——领导干部的楷模孔繁森

美丽的纳木错

中泛起涟漪。在阳光下，念青唐古拉山的主峰格外清晰，如同一个威武的战士守护着纳木错。高原的气候常常瞬息万变，时而狂风大作，时面乌云密布，风雪过后，湖面依然波光粼粼，透着一种别样情韵。这一切的壮美，都给了孔繁森视觉和心灵的双重震撼，他已经深深爱上了阿里，爱上了这块可以为之付出生命的地方。

阿里地区是贫穷的，抬眼望去，山坡、山顶上尽是一片枯寒苍凉，如月球、火星般空旷，仿佛进入了一个天地混沌的世界；说阿里地区富有，它不仅仅有绿草如茵的河谷，有成群的牛羊，有神山、圣湖等绝对震撼人心的自然景观，还有依山而建、设计精巧的古格王朝遗址。

王朝遗址山脚下，现存300多间房屋、洞窟和众多房屋遗迹，屋内阴暗潮湿、凄冷破旧，这是当年奴隶和普通百姓居住的地方。

一路走过，孔繁森对沿途措勤、改则、革吉3个县进行了实地考察，他清楚地看到这些地方贫困落后的现状，同样也看到了发展的巨大优势，这里有丰富的畜牧产品和矿产资源，有美丽的自然风光和悠久的人文历史文化。

用6天的时间一路走下来，不知不觉中已经走过

一夜消失的古格王朝

古格王朝遗址位于阿里札达县城以西18公里处，于公元10世纪前半期由吐蕃王朝末代赞普朗达玛的重孙吉德尼玛衮在王朝崩溃后，率领亲随逃往阿里建立起来的，古格王朝前后世袭了16个国王，古格王朝王宫城堡是从10-16世纪不断扩建，并达到全盛，于17世纪吐蕃王朝瓦解后结束。

古格王朝的遗址外围建有城墙，四角设有碉楼。整个遗址建在小土山上，建筑分上、中、下三层，依次为王宫、寺庙和民居。在其红庙、白庙及轮回庙的雕刻造像及壁画中不乏精品。古格王国最神秘的地方在于，拥有如此成熟、灿烂文化的王国是如何在一夜之间突然、彻底消失的。在其后的几个世纪，人类几乎不知其存在，没有人类活动去破坏它的建筑和街道，修正它的文字和宗教，窜改它的壁画和艺术风格。

两离桑梓地　满怀雪域情
——领导干部的楷模孔繁森

了2000公里的路程。孔繁森对阿里的自然和社会环境有了初步的认识，通过走走看看对阿里的现实情况也有了感性认识和大致了解。一路上，只要见到帐篷，孔繁森就会让司机停下来，他走进帐篷里，走到藏族同胞身旁，同他们聊天，询问生产生活情况。就这几天的时间，他的小本子已经密密麻麻地被记满了。这一路的长途跋涉和种种艰辛，孔繁森除了牙齿依然是白的外，浑身上下又黑又瘦，就好像生了一次大病。

第6天上午，孔繁森终于到达了狮泉河镇，阿里的首府就在这个镇里，在狮泉河边上。城镇的规模比路过的那几个县的县城大七八倍，有近百间房屋，阳光斜照在狮泉河上，一切都显得那么平静。

到阿里后，孔繁森立即就深入了基层，走到一线开展调研研究，迅速地掌握了第一手材料，及时发现和解决存在的实际问题。在不到两年的时间里，孔繁森走遍了全区6个县，106个乡他走了98个，全部下来行程有8万多公里。常常是开着车走上一天也看不到一户人家，饿了抓一把糌粑吃，再啃上一口风干的牛羊肉；渴了，喝上一口山间流下来的雪水。每每这个时候，他都会对身边的同志说，你们看这水多么甘甜，这是世界上最优质的矿泉水，绝对没有任何污染，我们要把它开发出来，让它走出国门，用它去换美元。尽管艰难险阻，但他从未停下自己的脚步。

群山环抱中的狮泉河镇

亲人的感情——在爱的天平上没有砝码

　　1993年6月18日，妻子王庆芝和小女儿玲玲来到拉萨。在这之前妻子曾给孔繁森打电话，说她和玲玲要去西藏看望他，请他准备好米面，孔玲准备在拉萨参加高考。孔繁森非常喜欢小女儿玲玲，调往拉萨担任副市长时，曾把小女儿的户口迁到拉萨。玲玲又一年多没见到爸爸了，她多想念爸爸啊。在飞机上，她就和妈妈说："俺爸爸准在机场上迎候咱们呢！"

　　窗外，白云悠悠，那云像棉絮似的擦着飞机的翅膀和舷窗；白云下面是重重叠叠的山峦，一片苍苍茫茫，无边无际。爸爸工作的阿里是什么样呢？那里有喜马拉雅山，有喀喇昆仑山，她在小学地理课本上读过。那喜马拉雅山是世界最高的山，珠穆朗玛峰是地球上最高的山峰，还有雅鲁藏布江，多么神奇的地方啊！

　　玲玲望着舷窗外飘飞的白云，思绪也飘飞起来，不知不觉地心头生出一股对爸爸的怨艾来，爸爸总是忙不完的工作，做不完的事。小时候很少抱抱她，亲亲她，没有领着她逛过公园，看过电影。

　　想到这里，小玲玲眼睛潮润润的。她揉揉眼睛，

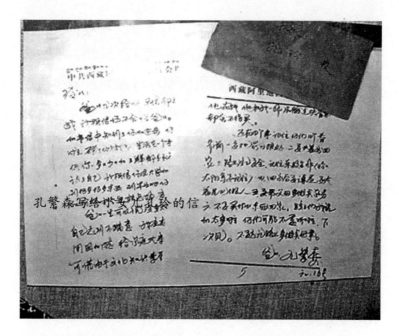

孔繁森写给小女儿孔玲玲的信

对妈妈说："我参加高考，一定让俺爸爸陪我去。"

飞机在贡嘎机场降落之后，小玲玲四处寻找那高大熟悉的身影。爸爸冬天喜欢戴礼帽，夏天喜欢戴草帽，她向所有戴帽子的人看去，却不见爸爸。

"嫂子！"只见一个个头不高的青年人向她走来。"孔书记还在阿里，正在札达县陪着自治区工作组检查工作。他打来电话，让我来接你们。"

到拉萨十几天了，本来身体就很虚弱，再加上高山反应，王庆芝仍感到头晕、头疼、恶心、四肢无力，躺在床上懒得动弹。女儿玲玲去老乡家里复习功课，因为考期很近了。王庆芝独自躺在孔繁森在市府的那间小屋里，一切都冷冷清清，虽然房间不大，却空荡荡的。她的心也空荡荡的。她感到那么孤独，那么寂寞，像流水浮萍，像汪洋大海里一叶孤帆。她多盼望有一棵树托起，让她依靠；多盼望有一角平静的港湾让她得到安谧的小憩。丈夫不能如期而归，忍不住又想流泪。再坚强的女人也会流泪，再通情达理的女人也会产生怨怼。她真想找个四处无人的地方，号啕大哭一场。

还有几天就要开始考试了，孔繁森还没有回来的信儿。女儿说："等他回来，怕俺也要考完了！"说着孔玲伤心地哭了起来。

晚上，小马想办法通过军用电话线，要到驻扎达

1994年8月28日，孔繁森一家人最后的一次合影

县边防连。

孔玲对爸爸说："爸爸，从小我就很少见到你，也很少直接感受到你的父爱和关心，我就要考大学了，在我人生最关键的时候，我希望你能回拉萨一趟。我不是让你托人找路子的，我凭着自己的成绩能考上大学，如你能来，对增强我考试的信心至关重要，我需要爸爸的支持。"

电话里传来女儿热切的恳求，声音里夹杂着哭泣。

孔繁森在电话上说："孩子，人生的路靠自己走，爸爸相信你能走好这至关重要的一步。阿里有很多工作要我去做，爸爸祝你考好。"

电话里传来女儿的哭声，还传来妻子的啜泣声。

孔繁森持话筒的手颤抖了，他百感交集，万箭攒心，眼泪潸然而下，但又想不出更合适的安慰女儿和妻子的话语。

他博大的襟怀，容得下荒原广漠，高山大河，冰川雪野，却很难寻觅小小一块安放妻室儿女之地；他那颗心灵辐射出强烈的光芒，温暖着千家万户，却对自己女儿妻子那么吝啬，能不让女儿痛哭，妻子落泪么？女儿那么一点可怜的要求，当爸爸的就不能满足，怎能不伤害那颗小小的心灵呢？自己欠妻子的情，欠孩子的爱太多了，今生今世也偿还不了。

孔繁森什么话都说不出来，心打战，手打战，泪默默在流，他咽到肚里，咽到心里。

到拉萨整整一个月了，丈夫仍未归来。谁知庆芝这一个月是怎样熬过来的？在这远山远水的异乡他地，等待和期盼是最能折煞人的。泪水只有在这静静的深夜暗暗流出，流过脸颊，又流进心里。她睡不着，看着熟睡的女儿，那白皙的脸上挂着泪痕，嘴角上却浮着笑意，大概又梦见她的爸爸了吧。

7月17日。又是夜晚。王庆芝感冒发烧，体温39℃。心里翻江倒海，浑身火辣辣地疼痛。

她叫女儿把痰盂拿来，"哇"地吐出一口，全是血。当夜，王庆芝被送到军区总医院进行紧急抢救，输血、输液、输氧。

孔繁森放下电话，只觉一阵晕眩，眼前金星乱飞。在电话里他嘱咐几个老乡，照顾好妻子，他眼下仍离不开阿里。他说，他刚上任几个月，阿里的许多工作刚刚理出个头绪，自治区工作组的同志来阿里很不容易，许多项目他这个一把手不在场，拍不下板来；一旦错过了这个机会，一些项目要上马，还不知要拖到何年何月。在这个节骨眼上，他怎能离开这儿？他又说，在阿里几个月，看到阿里百姓非常穷苦，如果不抓紧为他们做些实事，使他们早一天脱贫致富，心里更不安。6万阿里儿女把他看成一片绿洲，一片希望，他不能辜负。

孔繁森用过的书桌

两离桑梓地　满怀雪域情

——领导干部的楷模孔繁森

孔繁森在电话里流着泪向女儿叙述着，要理解他的忧愁、他的痛苦、他的希望，要理解他焦虑的心情、沉重的精神压力。孔繁森离开电话，默默用湿毛巾擦去脸上的泪痕，却擦不去心中的痛苦。凭着顽强的意志和钢铁般坚强的理性，一次次将爱的砝码移向这片他为之奋斗、为之献身的土地！

汽车仍在崇山峻岭中行驶。依然是白雪皑皑的冰峰，荒凉的荒漠，灰褐色的草滩。没有飞鸟，没有绿树，高高尖尖的山峰犹如耸立在高空中的白色经幡，这是银光闪耀的冰雪世界，虽是盛夏，白天雪水融化，流水潺潺，夜间温度却是很低。草滩、荒漠、冰川、溪流，构成一幅宁静壮美的图画，这图画是大自然的神笔画成的。

孔繁森坐在车里，头疼难忍，并把巨大的痛苦和对妻子女儿的牵念狠狠地压在心底，从表情和神色上，他依然表现出非凡的毅力和自控能力，他谈笑风生，若无其事。

经过一夜紧张的抢救，王庆芝吐血控制住了，但还在昏迷状态中。女儿玲玲守在母亲病榻前痛哭不止。

医院把王庆芝病危通知单下到阿里驻拉萨办事处。办事处立即给地委、行署要通电话，把情况汇报给负责同志。留在镇里的地委、行署领导接到办事处的电话，立即召开了一个不寻常的紧急会议。同志们商量决定，用"哄骗"的办法，要地委书记立即奔赴拉萨！

这样，孔繁森才不得已离开现场办公的工作组驱车日夜奔往拉萨。这时工作组的同志还不知道孔繁森爱人住院病危呢！

四天四夜的路程，他三天三夜赶到了。这时妻子和女儿来到拉萨已经一个月零四天了。

办事处的同志把实情告诉了孔繁森。孔繁森来到医院，推开妻子病房的门，看到妻子那消瘦蜡黄的脸庞，顿时眼泪潜然泉涌，这个坚强的汉子，这个泰山压顶不弯腰的汉子一下子扑倒在床前。

经过手术和连夜的护疗，王庆芝已脱离了危险。看到来到拉萨一个月零四天方从阿里归来的丈夫，她泣不成声，泪流满面。

孔繁森一向善于做思想工作，同志间的矛盾、纠葛、是是非非，他只要一出现，往往几句话就能化解，他那颗善良炽热的心能融冰化雪，能使塞外荡起春风，能使荒漠出现绿茵；可是面对着自己的妻子，他却口滞言涩，木讷得不知说啥是好。他欠她的太多了，一切话语都苍白无力，都无法偿还这份永远偿还不了的债务。他默默地站在妻子床头，眼泪只有在心中暗暗

两离桑梓地　满怀雪域情

——领导干部的楷模孔繁森

布达拉宫

流淌。

妻子刚刚出院，孔繁森又住院了，严重的环状痔疮，使他大便更加艰难，血迹脓迹浸满裤头，别说骑马，坐车时间稍长一些，就疼痛难忍，他不敢让妻子看到他的痛苦，每天都是让随他而来的公务员小梁帮他擦洗上药。孔繁森伤口未痊愈，几天后便出院了。

出院后，孔繁森依然忙碌不堪，趁在拉萨的机会，他找电力局，研究阿里郎久地热站的改建、扩建工程，开发电力资源问题；他找地质局，勘查阿里矿物资源；他找卫生厅，协商解决阿里牧区普及初级卫生保健的问题；他找教委，解决改善和增建县区小学和师资紧缺，急需提高适龄儿童入学率问题；他找交通厅，研究拉普公路的改善交通条件问题；他找旅游局和拉萨市旅游开发公司，帮助阿里上项目，充分开发旅游资源，增加外汇收入。

妻子和女儿两次来拉萨，他都没有陪她们转一转，玩一玩，甚至连布达拉宫都未带她们去参观一下。

不过，这次妻子和女儿8月26日离开拉萨时，他亲自去机场送妻子回山东，送女儿去重庆读大学。女儿考上了重庆政法学院，且成绩名列拉萨市第7名。他手头拮据，连妻子的飞机票钱都凑不够，好在他在成都的朋友很多。身为地委书记的他不好意思向别人借钱，没办法，妻子出面从他的朋友那里借来500元钱，才买到机票，上了飞机。

情 系 阿 里

都说孔繁森是神山上的雄鹰，他有开阔的视野，有宽广的胸怀，有着一颗拼搏进取的心。孔繁森到达阿里后的第三个月，就带领地委行署的领导和有关部门的负责同志组成工作组，去普兰、札达两个县进行现场办公。

普兰县在阿里地区的南部，喜马拉雅山脉南侧的

两离桑梓地　满怀雪域情

『神山』冈仁波齐

峡谷地带，藏语为"雪山环绕的地方"。它位于中国、印度、尼泊尔三国的交界处。"神山"冈仁波齐和"圣湖"玛旁雍错都位于普兰县境内。普兰县境内的岗仁波齐峰是冈底斯山脉的主峰，海拔6656米，是藏传佛教四大神山之一，岗仁波齐并非这一地区最高的山峰，但是只有它终年积雪的峰顶能够在阳光照耀下闪耀着奇异的光芒，加上特殊的山形，夺人眼目。对于许多人来说，西藏最有名而又最神圣的地方是布达拉宫和珠穆朗玛峰，但对藏族同胞以及印度、尼泊尔等许多佛教国家的教徒来说，西藏最神圣的山是阿里地区的岗仁波齐峰，因为岗仁波齐峰是佛祖如来的道场，是"万山之王"。神山之南就是藏地三大神湖之一，被称为"圣湖"的玛旁雍错，它海拔4588米，面积412平方公里，是世界上最高的淡水湖，也是中国湖水透明

在许多古经书中，玛旁雍错都被称为"圣湖"。佛教认为：玛旁雍错是胜乐大尊赐给人类的甘露

度最大的淡水湖，天气晴好时湖水蔚蓝，碧波轻荡，白云雪峰倒映其中，湖周远山隐约可见，景色奇美。湖边碧绿的草地放牧着一片片的牛羊，湖中生长着大量的鱼类，夏季来临，湖面野鸭、飞鸟成群，一派生机盎然。对这圣湖玛旁雍错，早在几千年前，就有古老的文字记载：谁在它的浪涛里沐浴过，谁就能进入勃拉马的天堂；谁饮过它的水，谁就能升入湿婆的天宫，解脱百次轮回的罪孽。神山圣湖是苯教、佛教、印度教、耆那教信徒们的圣地，也是阿里地区最著名的旅游景点之一。

这样的山、这样的湖看上去不知有多美，但这里的交通却实在难走。孔繁森一行人走到玛旁雍错附近时，遇到了一条河流，车队需要从水面上走过，河面很宽，有100多米，里面交叉分布着几条十多米宽的小河。孔繁森他们到了河边时已经是下午6点，正是山上冰川融化的河水狂奔而下的时候，河水也在不断地猛涨。如果绕行，到普兰县就要多走60多公里山路。经商量，大家决定冒险过河。孔繁森主动要求自己的车打头阵，几次沿缓坡顺水斜行后，终于涉险过了所有的河道。可当孔繁森回头看其他汽车过河时，突然感到是那样的惊心动魄。汽车在湍急地河水中，宛如一叶小舟，左晃右摆地在水中挣扎着前进，深处水已经漫过了半个车身，随时都有被吞噬卷走的危险。

第二天上午，孔繁森带着干部到达了普兰县。

普兰县地处西藏西南部、阿里地区南部、喜马拉雅山南侧的峡谷地带及中国、印度、尼泊尔三国交界处，是阿里地区边境县之一，面积12 497平方公里。普兰县以高原山地为主，中部较高。境内山高谷深，山峦起伏，形成千姿百态、雄伟壮观、秀丽多姿的高原地貌。

来自孟加拉湾的海洋季风越过喜马拉雅山脉吹到

这里，形成了青藏高原其他地方难见的湿润气候，一片片的绿洲像翡翠般镶坠在孔雀河谷，错落有序的村庄，袅袅的炊烟，远远地走来放牧归来的牧童和转经的老人，令人迷惑自己是否到了世外桃源。

关于普兰，还有一个亘古不变的古老传说。

在普兰县城孔雀河边上的陡崖上，是被称为悬空寺的贡普寺，其上斜挂数条经幡迎风飞舞，传说中这就是仙女引超拉姆飞往天庭的地方。引超拉姆是八大藏戏之一《诺桑王子》的主人公诺桑王子的王妃，被一位渔夫俘获后献给了诺桑王子，由于两人特别恩爱，引起了其他后妃的忌妒，在支开诺桑王子的间隙当中，后妃们与巫师发动进攻，使引超拉姆被迫飞向天庭。等到诺桑王子凯旋，发现人去楼空，便披星戴月，历

经幡飞舞的玛旁雍错

两离桑梓地　满怀雪域情
——领导干部的楷模孔繁森

孔繁森考察藏民的收成

尽千难万险,最终找回引超拉姆。

　　孔繁森查看了当地边贸市场,了解了市场交易商品以及边贸货物数量,对如何发展阿里的边贸心里有了数。随后又去了吉让乡、赤德乡、西德乡,边走边问边了解有关情况,当场解决了乡里存在的一些困难。

　　接着孔繁森一行又前往札达县,札达县距离普兰县约300公里,全县境内没有一平方米等级公路,更不说柏油路了,几乎全都是狭窄、弯急的陡坡,或是坑坑洼洼的土石路。从县城到最远的一个乡要走500公里。

　　阿里札达县城外围的山坡上,人们可以随处见到土林。

　　在札达县,有一个乡叫萨让乡,还有其他乡的3

札达土林

札达土林位于札达县境内，是札达县最著名的地貌风光区。受远古造山运动的影响，札达土林的地质结构为湖相沉积半固结岩石，以粉细砂岩和黏土岩为主，随着区域持续抬升，在干旱气候条件下，再经历百万年的地质变迁和风霜雪雨的风化剥蚀、冲刷，也就形成了今天札达土林这独特的自然地貌景观组合，厚度可达几百米。土林的山体严整、形态各异、气势恢宏，有的像规模宏大的城堡，有的像高耸入云的塔楼，有的像蛰伏待跃的怪兽。相传，很久很久以前，札达一带是一片汪洋，蓝天之下只有水和风。后来，土林山渐渐从海里冒了出来。虽然这是一个美丽的传说，却含有一定的科学道理。据科学家考证，这里曾经是一个方圆500公里的大湖，是喜马拉雅造山运动使湖盆升高，水位递减，露出水面的山岩经风雨长期侵蚀才雕琢出了现在这幅景象。

札达土林

个村，分别是底雅乡的底雅村和什布奇村，曲松乡的
楚鲁松杰村，都没有进行过民主改革。他们与印控克
什米尔地区相邻，是阿里地区最边远、最艰苦、边境
线最长但通外山口最多、任务最重的乡村，战略地位
非常重要。这些乡村大多离县城三四百公里，自然条
件非常差，"十年九灾，一年一小灾，三年一大灾"，
每年大雪封山都有6个多月时间。

　　这一天孔繁森决定去什布奇村看一看。可走到半
路时孔繁森开始严重的腹泻。随行的同事都说："孔书
记，山路很难走，你身体现在又不好，您就别去了。"
可孔繁森却说："我们已经走了一半路程了，不去看看
村里的群众，我这一辈子都不会甘心的！"于是他强忍

着腹痛，带领同事们骑马穿行在札达的土林中。

到子村里，许多牧民都像过年一样一下子涌了过来。孔繁森了解了村里的生产生活情况后，立即拍板拿2万元为村里解决了小电站的建设费用。这一段时间孔繁森太累了，他的腹泻不但没有见好，而且还越来越重，直到他严重脱水晕倒在地，同事们才强行把他送回了狮泉河镇。

一封不是遗书的遗书

孔繁森在阿里任职期间，最困难的日子就是1994年冬春之际的那场大雪灾。

在这之前，阿里已经连续3年干旱，3年的时间里

两离桑梓地 满怀雪域情

——领导干部的楷模孔繁森

几乎没有下过一场透雨，可就这样每年还要刮上200多天的大风，沙尘暴狂卷着地面上的一切，许多牧民家的牛羊都被刮到湖里，牧民家的帐篷就像风筝一样在天空中旋转，草场的牧草连根带土

孔繁林

都被卷的没有了踪迹。草场沙化严重，农牧民的生活变得更加贫困。可就在孔繁森下决心要改变阿里的这种现状时，一场大雪灾又来临了。

狂风卷席乌云，大雪铺天盖地撒落下来，寒冷也十分的肆虐，整个阿里找不到一块温暖的地方。这场强降雪，有的乡村积雪厚度达到了1.2米，许多乡村的气温都达到了-40℃。到2月20日，阿里全地区有67个乡受到严重灾害，冻死羊54万多只，牛4万多头，马2000多匹，直接损失8000多万元。全区30%的群众断粮，没有御寒食品和衣物，部分交通要道受阻，救

神山山顶附近绝壁前的玛尼堆，是无数众生企盼、祝福、归属之地

援工作很难开展。

灾后，孔繁森迅速组织召开专题会议，对救灾有关事宜进行专门研究和部署，同时号召每一个党员、每一名干部都要行动起来，深入到抗灾第一线，与阿里人民同呼吸、共命运。会后孔繁森带队去了受灾最严重的革吉县和改则县。

雪后的高原氧气含量更少了，只有平原的30%。当孔繁森看到雪后那惨不忍睹的景象时，心里感觉是在滴血。遍地是成群被冻死的牛羊。平日四五个小时的路程，在这大雪封路的情况下，20个小时也无法到达。车队不时地陷到雪坑里，每前进一步都是那么的

困难。一路上，孔繁森和其他干部们几乎一直在车旁用铁锹清雪，严重的高原反应使每个干部都有快要崩溃的感觉，这样走走停停，真不知道什么时候能走到终点，也不知道会不会活着走出这成片的雪原。

白天再苦再累也不可怕，可怕的是夜晚的来临。雪域高原的深夜是那么的寒冷，大家都相互招呼着，谁也别在这刺骨的寒冷之夜睡去，一旦睡去就意味他不会再醒来。这对忍饥挨饿、劳累了一天的同志们是多么不容易做到的事情啊。

车队在黑夜中继续缓缓地前行，依然是跌跌撞撞，依然是走走停停。

到达革吉县时，孔繁森和他们的车队整整走了三

青藏高原上的牦牛

天三夜。站在高处回头看看那弯弯曲曲的车轮印迹，一群年轻人痛哭流涕，这都是一群铁打的人，意志像钢铁一样坚硬，可在这残酷的大自然面前，是那么的黯然失色，是那么的渺小无助。

车队经过短暂休息后继续前行，用了一天的时间来到了革吉县曲仓乡。终于到达了目的地，孔繁森身边的小伙子们一个接一个地陆续病倒了，孔繁森却还在坚持着，尽管他劳累过度、营养不良、头晕目眩、呕吐不止，并伴有严重的腹泻。这还不算，一直还没有治愈的直肠纤维瘤这次又复发了，脓血不止，并与内裤粘在了一起，每走一步都钻心地痛。可孔繁森还是强撑着带领同志们寻找受灾农牧民，为他们发放救灾物品。他还不顾干部们的劝阻，坚持走村串户，或骑马，或坐车，或步行，深入到灾情最重的地方查看灾情，5天时间里，孔繁森一共走了20户，发现了8人被冻伤，并一一为他们做了检查和简单的治疗。

孔繁森在西藏工作和生活多年，他深知牛羊对藏民的重要性。当看到一批批死去的牛羊，他的心里比牧民还要痛，比当地的干部还要着急。

一天夜里，孔繁森躺在一位牧民的帐篷里，感觉特别地不舒服。他已经连续工作16个昼夜了，高原反应加上越来越重的病痛，使他上吐下泻，浑身无力，感觉自己的心跳在加快，胸闷气短，有一种天旋地转的感觉，甚至意识出现了空白。孔繁森有着医学常识，高原生活经验也比较丰富，他预感到死神正在一步步向他逼近。

孔繁森艰难地爬起来，用手电筒照明，打开笔记本给勤务员小梁写了一段话：

"小梁，不知为什么，我头痛的怎么也睡不着觉。我是在海拔近6000公尺的地方给你写的信。人有旦夕祸福，天有不测风云，我有一事相托，万一我发生了不幸，第一，你不要难过。第二，你给地委、行署领导讲不幸的消息，不要给我家乡讲，更不能让我母亲、

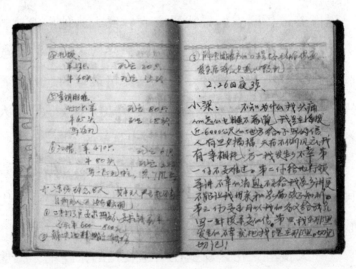

孔繁森的日记本。孔繁森住在牧民的帐篷里，写下了被称为"不是遗书的遗书"（现保存在孔繁森纪念馆）

家属和孩子们知道。第三，你要每月以我的名义给家里写一封报平安的信。第四，我在哪里发生了不幸，就把我埋在哪里。切记！切记！"

这哪里是信呀，分明是一份遗书。这一夜孔繁森没有倒下，终于在清晨第一缕阳光爬上来的时候，他挺了过来。

挺过来的不仅仅有孔繁森，还有他的阿里。经过两个多月的艰苦奋战，阿里人民凭着团结向上的力量终于战胜了这场百年一遇的罕见雪灾，全地区没有因雪灾冻死一个人。可经过这死过一次的磨难，孔繁森苍老了许多，比以前更加黑瘦，年仅50岁，可头发全都灰白了。

耿耿忠心照雪山

孔繁森

峥嵘岁月三十年，

二次出征到边关。

踏遍荒山犹未老，

历尽千辛更知甜。

冰山愈冷情愈热，

耿耿忠心照雪山。

献身雪域

　　虽然阿里地区是西藏有名的穷地方，但阿里的发展潜力是巨大的。孔繁森在《西藏日报》发表了一篇文章，对阿里地区得天独厚的六大发展优势逐一进行了阐述。这篇文章的发表，给阿里地区的干部群众极大的鼓舞，称之为："阿里地区振兴发展的宣言书"。

　　孔繁森用了不到一年的时间，给阿里的发展理清

记者采访孔繁森

孔繁森为藏族同胞诊病

了思路，一个又一个发展项目上马了，很短时间里就出现了较快发展的局面。

1994年10月的一天，孔繁森突然给妻王庆芝打电话，说："不知怎么了，这段时间特别地想儿子，你安排儿子来一趟阿里吧！"

王庆芝觉得这个电话打得有点异样，就把爸爸的要求跟儿子孔杰说了。王庆芝不放心孔杰一个人去阿里，于是邀请了孔杰的同学李强和他一同去西藏。走之前，王庆芝给孔繁森打了个电话，嘱咐他一定要派专人去新疆接他们。

10月26日，两个孩子到了乌鲁木齐火车站，等了好长时间也没见有人接他们。两人只好搭车往西藏走。一路上两个人可算是吃尽了苦头，既有车临万丈深渊

带来的视觉上的恐惧，又有高原反应带来的身体上的不适。经过四天四夜的行程，总算到了阿里，可两人没有想到的是孔繁森竟然不在，他下乡去了。等了两天，孔繁森依然没有回来，两个孩子因严重的高原反应都病倒了。孔繁森回来的第二天，就又要下乡去了，他要儿子和同学都跟他一起去。可两个人根本没有休息过来，浑身无力，头也痛得厉害，心里不太想去。于是孔繁森就说："藏族有句谚语，是大鹏就不畏惧高崖，是苍龙就不畏惧湖海，你们还是坚持一下吧，也借这个机会了解一下西藏，了解一下这里的风土人情，也了解一下你爸爸是怎么开展工作的。"

跟随父亲下乡的10天里，虽然吃尽了苦头，但使孔杰真正了解到了父亲在遥远的西藏工作和生活

孔繁森的摄影作品

的情况，也从父亲的身上学到了很多东西，他认为父亲是一个英雄，父亲的心灵是那样的高尚、深邃、博大。

1994年11月14日，孔繁森刚刚从乡下回来，不顾十几天走访的劳累，就与自治区工作组一行18人，匆忙出发赴新疆开始了为期14天的考察洽谈工作。

车过新疆叶城，孔繁森解决了阿里驻叶城办事处180亩土地的征费问题；车过新疆喀什，孔繁森连夜拜访了喀什的领导，协调解决了阿里地区的粮食供应问题；到了乌鲁木齐，就石油和液化气供应、平价粮的供给、双边旅游资源开发、国道管理、口岸开发等问题进行了全面的协商和洽谈。

11月24日，自治区的领导先行离开乌鲁木齐市返

孔繁森同志纪念馆

两离桑梓地　满怀雪域情
——领导干部的楷模孔繁森

回拉萨。25日凌晨，孔繁森早早地就起来了，匆匆在4页便笺上拟就了"关于阿里发展的12个亟待解决的问题"，这12个问题，涉及与阿里地区生产生活息息相关的能源、交通、联合开发盐湖、改善阿里干部办公住房、教育以及日土县边贸口岸建设等等。

11月25日至28日，孔繁森率组研究边境地区的贸易往来问题，并与新疆维吾尔自治区的主要领导进行了商谈。

28日，寒风一直在吹，天阴得越来越重。孔繁森担心他的阿里，想提前完成考察任务早些回去。

28日夜，孔繁森拨通了阿里的电话，询问贯彻十四届四中全会精神意见的起草情况和阿里地区"九五"规划的修订情况，他一再嘱咐尽快完成，待他返回后与地委行署领导共同研究确定。此后，他又给妻子打了个电话，他告诉王庆芝说儿子将于29日下午从乌鲁木齐市回山东。

这是他和阿里，和山东老家最后一次通电话。

29日上午8时，孔繁森带着工作组一行向塔城出发，按计划考察一下巴克图口岸。

12时47分，孔繁森所乘的车发生了车祸，孔繁森不幸以身殉职。

孔繁森走了，活着的时候，生能舍己；告别人生时，又真的是死不还乡！

孔繁森同志牺牲后，他的一半骨灰安放在拉萨市烈士陵园，另一半骨灰安放在聊城市烈士陵园中。此外，其衣冠冢则设在阿里的狮泉河烈士陵园。

在山东聊城，2000多名干部群众，冒着凛冽的寒风，从四面八方来到革命烈士陵园，为孔繁森同志举行了隆重的骨灰安放仪式。在场的干部群众面对着孔繁森同志的遗像，都禁不住失声痛哭。当孔繁森同志的儿子孔杰怀抱着父亲的骨灰送往灵堂时，来自他老家五里墩村的父老乡亲们都纷纷跪倒在地，连声哭喊着"繁森"的名字泣不成声。

在西藏自治区首府拉萨，这里隆重举行了孔繁森同志的骨灰安放仪式，遗像前花圈似海、哈达如云、哭声如潮。孔繁森同志当年在西藏收养的两个藏族孤儿曲印和贡桑，怀抱着爷爷的骨灰和遗像，为他们敬爱的孔爷爷送葬。

噩耗传到阿里地委行署所在地狮泉河镇，人们纷纷朝着孔繁森同志殉职的方向哭泣默哀。阿里地委行署隆重举行了孔繁森同志的追悼仪式，这个不足5000人的边疆小镇赶来参加追悼仪式的竟有2000多人。那一天，一副挽联十分醒目，上面写着"一尘不染两袖清风视名利安危淡似狮泉河水；两离桑梓独恋雪域置

民族团结重如冈底斯山。"这是一副对孔繁森同志先进事迹和精神的高度评价、高度概括的挽联，它诉说着人们的巨大悲痛，倾吐着人们的无限哀思和崇敬之情。

　　孔繁森把工资中的相当大一部分用于帮助有困难的群众，平时根本就没有攒下几个钱。他给群众买药，扶贫济困时出手大方，少则百十元钱，多则上千元。孔繁森殉职以后，阿里地委在清理他的遗物时发现，除了一个袖珍收音机外，再就是几件简单的换洗衣服，还有仅剩下的8块6毛钱。谁会相信，这竟是一个地委书记的全部家当。在他的遗物中还有数千元的各种发票，这些发票在他任职期间完全可以签字报销，然而

孔繁森之墓

孔繁森纪念馆中的孔繁森塑像

他却严格地把握了公与私的界限，其中有一张5元钱的用车发票，还是孔繁森在担任聊城地区林业局局长期间，因私事用车按每公里1元钱，交纳的用车费。

好干部孔繁森就这样两袖清风地从西藏雪原上永远地走了。西藏的每一个神山、圣湖、草场、土林、戈壁都埋上一层厚厚的白雪，天地一片苍茫。只有那五彩经幡仍然在狂风暴雪中倔强地招展着，它要告诉每一个来到这里的人们：孔繁森，阿里人民不会忘记你，西藏人民永远记着你……

孔繁森同志纪念馆

　　孔繁森同志纪念馆坐落在聊城市碧波荡漾、风光秀丽的东昌湖畔。纪念馆正门上镶嵌着江泽民同志于1995年7月28日题写的"孔繁森同志纪念馆"8个鎏金大字。纪念馆内设1个纪念厅和3个展览厅。纪念厅内安放着孔繁森同志大型半身塑像，塑像后屏风上镌刻着江泽民同志的题词"向孔繁森同志学习"。展厅内布置着孔繁森同志事迹展览，展览分为6个部分，展出图片270多张，陈列实物千余件，并配以3组电视录像片。

歌曲《公仆赞》

你是公仆　身上凝聚着民族魂

你是大树　身后成长着大森林

孔繁森啊　孔繁森

你是一团不息的火啊

光焰照后人　照后人

老百姓在传颂你啊　孔繁森

你有一颗善良的爱民心

微笑融冰雪啊　送炭进柴门

情同亲骨肉　爱比海洋深

都说是后羿射日救苍生

怎比你赶走贫困

你是公仆　身上凝聚着民族魂

你是大树　身后成长着大森林

孔繁森啊　孔繁森

你是一团不息的火啊

光焰照后人　照后人

老百姓在赞美你啊　孔繁森

你有一颗赤诚的报国心

汗水洒齐鲁　雪域立功勋

敢为孺子牛　默默苦耕耘

都说是愚公移山不畏难

怎比你知难而进

勇挑重担的共产党人

啊……　大森林

啊……　啊……　孔繁森　孔繁森

造福大众的共产党人

你是公仆　身上凝聚着民族魂

你是大树　身后成长着大森林

孔繁森啊　孔繁森

你是一团不息的火啊

光焰照……后……人

孔繁森

两离桑梓地　满怀雪域情

——领导干部的楷模孔繁森

中华魂·百部爱国故事丛书
提 要

《誓与禁烟相始终——民族英雄林则徐》

林则徐严禁鸦片，坚决抵抗西方列强的侵略，坚持维护国家主权和民族利益。他是中国近代历史上第一位睁眼看世界的人，是抗击帝国主义殖民侵略的第一人，是中华民族抵御外侮过程中伟大的民族英雄。

《血洒虎门御敌寇——抗英将军关天培》

民族英雄关天培，在第一次鸦片战争中为了抗击英国侵略者的入侵而血洒虎门，为国捐躯，谱写了一曲可歌可泣的英雄赞歌。关天培用他的生命，书写了中国人民反抗外侮的历史。

《威震镇海靖节魂——抗敌英雄裕谦》

在第一次鸦片战争期间的众多牺牲者中，有一位官阶最高，他就是两江总督裕谦。裕谦与外国侵略者斗争立场坚定，与国内妥协派、投降派斗争态度坚决。裕谦督战镇海，与英国侵略军浴血奋战，临危不惧，以身报国，浩气长存。

《斩邪留正解民悬——太平天国领袖洪秀全》

农民出身的洪秀全，从失意文人到起义领袖，经历了长期的思想演变过程，在外敌入侵、清朝政府腐朽的历史环境之下，顺应时代的潮流，成长为一位非凡的历史英雄人物，建立了与清朝政府相抗衡的农民政权——太平天国。

《仰承汉唐　荟萃中外——近代数学家李善兰》

李善兰是我国19世纪重要的科学家之一，在数学、天文学、力学等方面都有重大建树。他继承了我国古代数学的成就，又以极大的热情传播西方科学文化，"仰承汉唐，荟萃中外"，把自己的一生献给了科学事业。

《严谨治学　勇于探索——近代著名数学家华蘅芳》

华蘅芳，中国近代数学家之一。其精通中国古算学，并熟练掌握西方近代数学，是中国验证抛物线并著书立说的参与者。为了证明"外国有的，中国也能造"而鞠躬尽瘁，在引进西方科学技术、传播科学知识上贡献卓著。

《折冲樽俎护山河——近代著名外交家曾纪泽》

曾纪泽是中国近代史上著名的爱国外交家，在中俄伊犁交涉事件中，他秉承抵抗列强、保卫国家的坚定意志，利用外交手段全力同沙俄抗争，捍卫了国家主权、民族尊严，收回了祖国的领土，在近代中国外交史上留下了光辉的一页。

《甲午海战留英名——民族英雄邓世昌》

邓世昌，北洋水师名将。本书以邓世昌的成长过程为线索，以代表性的历史故事为主要内容，还原真实的历史事件，突出鲜明的人物性格。邓世昌因在中日甲午海战中突出的英雄气概而名垂史册，书写了伟大的爱国主义篇章。

《誓与舰队共存亡——北洋水师提督丁汝昌》

丁汝昌处在清朝政府的腐朽和李鸿章的专断下，难以施展爱国的抱负，壮志未酬，愤恨而终。但丁汝昌为建立近代海军作出的巨大贡献，带领北洋舰队爱国官兵勇抗强敌的英雄事迹，将永远为后代所传颂。

《镇南关上凯歌扬——抗法老英雄冯子材》

1885年中法战争中，年逾古稀的冯子材为抵御外国侵略，勇赴国

两离桑梓地　满怀雪域情

难，大败法军于镇南关，并乘胜追击，接连收复文渊、谅山等地，从根本上扭转了中法战争的局面，成为近代民族英雄的杰出代表。

《屡败法军逞英豪——黑旗军将领刘永福》

刘永福是黑旗军的创建者，是农民出身的杰出军事家、政治活动家。在19世纪发生的援越抗法、中法战争中，他率部与帝国主义侵略者进行了殊死的战斗，建立了卓越的功勋，成为我国近代史上著名的民族英雄，为后世所景仰。

《矢志变法强国家——戊戌变法领袖康有为》

康有为是清末民初最有影响力的思想家之一。他领导了中国知识界的启蒙运动，掀起了一场自上而下的政体改革。他最早在中国提出了立宪政体和具体的宪政方案，主张在坚持儒家传统和帝制的前提下，学习西方经验，他的进步思想对近代中国具有深远的影响。

《开民智以报国 普新知而图强——戊戌变法思想家梁启超》

梁启超，中国近代史上著名的政治活动家、启蒙思想家、史学家、文学家，戊戌变法领袖之一。本书以百日维新思想家梁启超的成长过程为线索，以代表性的历史故事为主要内容，还原真实的历史事件，突出鲜明的人物性格。

《我自横刀向天笑——维新志士谭嗣同》

谭嗣同在民族危机的严重时刻，投身改革救中国的洪流。为了带给祖国一个光明的未来，紧要关头，他挺身而出，用自己的鲜血激励后人，把宝贵的生命献给了变法事业。

《睡乡敢遣警世钟——用生命警策国人的陈天华》

陈天华是民主革命的活动家和宣传家。他写的《猛回头》《警世钟》等书，起到了革命启蒙的重大作用。为了激发留日学生的爱国情怀，他不惜投海自杀，演出了近代史上感人至深的一幕，给后人留下了难忘的印象。

《革命军中马前卒——民主斗士邹容》

革命乃"至尊极高，独一无二，伟大绝伦之一目的"；它是"天演之公例，世界之公理，顺乎天而应乎人"的伟大行动。因此，必须"仗义群兴革命军"。他激情高呼："革命独子万岁！中华共和国万岁！"这就是《革命军》的作者，中国近代著名资产阶级革命宣传家邹容。

《休言女子非英物——鉴湖女侠秋瑾》

为民族解放和妇女解放而英勇斗争的秋瑾，冲破封建礼教的思想牢笼，打碎封建精神枷锁，崇仰真理，追求光明，主张共和，坚持男女平等，最终献出了自己年轻的生命。

《血溅校场　杀身成仁——民主斗士徐锡麟》

本书讲述了反清志士徐锡麟弃文从武、投身反清革命事业，最终被清政府杀害的故事。出于对国家的热爱，徐锡麟献出自己的生命，他的事迹将永远激励后人深切缅怀这位民主革命的先驱。

《生可死耳　我志长存——献身民主的禹之谟》

禹之谟，民主革命党人，同盟会会员，近代资产阶级革命家、实业家。1886年，20岁的禹之谟"提三尺剑，挟一卷书"游历四方，研究西方社会政治学说，忧国忧民之心日趋强烈。戊戌变法失败，他丢掉改良幻想，倡革命救亡之说，走上民主革命道路。

《物竞天择　适者生存——资产阶级启蒙思想家严复》

严复是中国近代著名的启蒙思想家、翻译家和教育家。他长期从事教育和翻译事业，为近代中国人才培养和思想启蒙做出了重要贡献，同时他也为中国的翻译事业和中西思想文化交流做出了重要贡献。

《辛亥革命急先锋——资产阶级革命家黄兴》

黄兴，清末民初资产阶级革命家，中华民国开国元勋。黄兴在武昌首义及辛亥革命时期的爱国表现，与孙中山闻名于当时，常被时人以"孙黄"并称。本书以资产阶级革命活动实干家黄兴的成长过程为线索，歌颂了先辈伟大的爱国主义精神。

《矢志革命　百折不回——近代民主革命家廖仲恺》

廖仲恺追随孙中山踏上了创立民国与捍卫共和制的旧民主主义革命

两离桑梓地　满怀雪域情

之路；在新民主主义革命时期，他为建立、巩固首次国共合作和实施三大政策，英勇奋斗，为国殉职，洒尽了一腔热血。

《将军拔剑南天起——护国英雄蔡锷》

蔡锷是中国近代史上的杰出军事家、爱国者。他的一生短暂而伟大。辛亥革命爆发，他毅然投身于革命洪流之中，领导云南重九起义，对武昌起义积极响应。袁世凯窃国复辟、恢复帝制的阴谋暴露出来以后，他又毅然举起了武装讨袁的旗帜。

《反帝反封建运动——五四青年的爱国故事》

五四运动是一次伟大的反帝反封建的爱国运动；是一个伟大的历史转折点；是中国人民的斗争从挫折走向胜利的一个关节点，它为中国的前进开辟了一条全新的道路，拉开了中国新民主主义革命的序幕。

《思想自由　兼容并包——著名教育家蔡元培》

蔡元培是中国近现代著名的民主革命家和教育家，一生经历风雨，却始终信守爱国和民主的政治理念，致力于废除封建主义的教育制度，奠定了我国新式教育制度的基础，为我国教育、文化、科学事业的发展做出了富有开创性的贡献。

《为国家争光　为民族争气——中国铁路之父詹天佑》

104

詹天佑是我国最早的杰出铁道工程师，因主持建造京张铁路而闻名中外，被誉为"中国铁路之父"。他为祖国的铁路事业贡献了毕生的精力。本书向读者展示了詹天佑热爱祖国、科技兴国的辉煌人生。

《实业救国　衣被天下——轻工之父张謇》

张謇是爱国实业家、教育家。他年轻时中过状元。过了40岁，开始投身工商实业活动中，他的名言是"富民强国之本在于工"。在南通，创办大生丝厂、银行等各种实业。并将创办实业的大部分所得投入教育。他的观点是，教育和实业一样，也是"富强之大本"。

《心向革命　追求光明——平民将军冯玉祥》

冯玉祥将军"是一位从旧军人转变而成的坚定的民主主义战士"。

抗日战争期间，他辗转各地，用实际行动积极抗战。日本战败投降后，他为了断绝美国的援蒋内战，又在美国四处演说，揭露蒋介石统治之黑暗，痛斥美国阴谋分裂中国的不良行为。

《刑场上的婚礼——革命烈士周文雍　陈铁军》

周文雍是广州起义的主要领导人之一。陈铁军出身于华侨商人家庭，却毅然投身革命洪流。1928年1月，两人接受派遣，回到广州假扮夫妻从事革命斗争，却不幸被捕。临刑前，两位烈士将敌人的枪声当作自己婚礼的礼炮，用生命和爱情谱写出一曲千古绝唱。

《星星之火　可以燎原——井冈山斗争的故事》

1927—1929年，毛泽东、朱德等老一辈革命家，在井冈山创建了农村革命根据地，进行了艰苦卓绝的斗争，建立了新型革命武装，点燃了工农武装革命之火，找到了农村包围城市最后夺取政权的中国革命的正确道路。

《新民学会的主要发起人——中国共产党早期革命家蔡和森》

蔡和森青年时期曾与毛泽东等人一起组织进步团体新民学会，参加五四运动，并在赴法国勤工俭学时研读大量马克思主义著作，回国后以满腔热忱投身革命事业，成为中国共产党早期重要的理论家和宣传家。

《威震黄浦江畔　高奏抗日壮歌——一·二八淞沪抗战》

面对日本侵略者的挑衅，十九路军在蒋光鼐、蔡廷锴的带领下，高举义旗，奋力一搏。一·二八淞沪抗战，是中国军人捍卫军人荣誉和祖国尊严所发出的吼声，谱写了一曲抗击日军侵略的英雄壮歌。

《将军恨不抗日死——慷慨就义的吉鸿昌》

在国难深重的20世纪30年代，吉鸿昌将军因拒绝执行国民党指示，坚决不打内战，被迫携眷出国"考察"。回国后，他加入中国共产党，组织了民众抗日同盟军，英勇打击日本侵略者，后于1934年11月被国民党反动派杀害。

两离桑梓地　满怀雪域情

《献身革命　甘于清贫——梅岭忠魂方志敏》

　　大革命失败后，方志敏凭着"两条半步枪"起家，身经百战，创建了赣东北革命根据地和红十军。本书真实记录了方志敏投身于革命、领导红军和敌人进行艰苦卓绝斗争的经历，歌颂了烈士贫贱不移、威武不屈、献身革命的高尚品质。

《奏响中华最强音——人民音乐家聂耳》

　　聂耳在他有限的生命中创作了数十首革命歌曲，在抗日救亡运动中，聂耳的这些歌曲产生了广泛深远的影响。他的音乐创作为中国无产阶级革命音乐的发展指明了方向，树立了榜样。

《横眉冷对千夫指——中国文化革命主将鲁迅》

　　鲁迅不但是伟大的文学家，而且是伟大的思想家和伟大的革命家。在那风雨如晦的黑暗年代里，他以笔为投枪，同一切帝国主义和反动派进行了顽强的战斗，为中国人民树立了一个不朽的丰碑。他是新文化战线上的一面光辉旗帜，是我们伟大民族的灵魂。

《铁流两万五千里——红军长征的故事》

　　红军长征是人类历史上的一次伟大的壮举。第五次反"围剿"失败后，中国工农红军的三大主力在极端艰难的条件下，突破国民党军队的围追堵截，进行了史无前例的战略大转移，总行程达两万五千里以上。途中发生了许多动人故事，至今令人难以忘怀。

《荣辱不移革命志——创建陕北红军的刘志丹》

　　刘志丹是杰出的无产阶级革命家、军事家，西北红军和西北革命根据地的主要创始人之一。他一生热爱人民，追求真理，英勇善战，百折不挠，艰苦奋斗，忠心赤胆，为创建红军和革命根据地、为中国人民的解放事业建立了不可磨灭的功勋。

《英名永存北平城——爱国将领佟麟阁　赵登禹》

　　1937年7月28日，日军向北平郊区发动进攻。第二十九军副军长佟麟阁奉命在南苑率部与日军苦战，腿部受伤，头部被敌机炸伤，壮烈殉国。第一三二师师长赵登禹指挥部队顽强抵抗日军，右臂中弹负伤，仍继续作战。后在转移途中遭日军截击而牺牲。

《八百壮士　四行仓库铸军魂——谢晋元和他的战友们》

八一三抗战，中国军人以血肉之躯揭开全面抗战的帷幕。这是一场血战，是中国军人不屈不挠的英雄诗篇，其中的八百壮士守四行，成为这首英雄颂歌中最动人、最凄美的音符。一曲四行保卫战，铸就了不屈的军魂。

《八女投江　气贯长虹——八位抗联女战士》

抗日战争时期，以冷云为首的东北抗日联军 8 名女战士，为捍卫民族尊严，面对凶残的日寇，镇定自若，宁死不屈，投江殉国，表现了中华民族同敌人血战到底的英雄气概。她们的光辉形象，激励着千千万万的后来人。

《艰苦抗战　威震敌胆——著名抗日英雄杨靖宇》

杨靖宇将军是我国著名的抗日民族英雄。曾先后担任磐石游击队政治委员、东北抗日联军第一军军长兼政委、抗日联军总司令等职。领导军民对日寇坚持了长达 9 个年头的艰苦卓绝的斗争，最终以身殉国。

《死也不当亡国奴——镜泊抗日英雄陈翰章》

陈翰章，从 1932 年 8 月投笔从戎，直到 1940 年 12 月 8 日为抗击日本侵略者，战死在镜泊湖畔。他在抗日疆场上奋战了九年，他那可歌可泣的英雄事迹将为人们永世传颂。

《名将殉国　气壮山河——抗日将军张自忠》

著名抗日将领、民族英雄张自忠，生于忧患的时代，抱有"宁为百夫长，胜作一书生"的志向，经历过失败与低谷，最终成就了慷慨人生。本书主要以人物活动为主，勾画出一个真正的"民族魂"鲜活的人生，会带给读者振奋的力量。

《宁死不辱战士名——狼牙山五壮士》

1941 年日寇在河北易县"扫荡"。为掩护群众和主力部队撤退，五

两离桑梓地　满怀雪域情

位八路军战士毅然把敌人引上了狼牙山棋盘坨峰顶绝路。弹尽粮绝、无路可退，五位英雄纵身跳下了万丈悬崖，用生命和鲜血谱写出一曲惊天地泣鬼神的壮举。

《太行浩气传千古——抗日名将左权》

左权，中国工农红军和八路军高级指挥员，著名军事家。是八路军在抗日战场上牺牲的最高指挥员。名将阵亡，太行山为之垂首，全党为之悲痛。周恩来称他"足以为党之模范"，朱德赞誉他是"中国军事界不可多得的人才"。

《虎将兴关外　抗倭统雄师——抗联英雄赵尚志》

本书描写了久经考验的共产党员、东北抗联的创建者和主要领导人赵尚志，在艰苦卓绝的条件下，坚持抗战，威震敌胆，战功卓著，忍辱负重，忠贞不屈，为国捐躯的英雄故事，为青少年读者呈上一部爱国主义的佳作。

《黄埔之英　民族之雄——抗日名将戴安澜》

抗日名将戴安澜，先后参加保定、漕河、台儿庄、武汉、昆仑关等战役，作战英勇，屡建奇功；入缅作战，"扬威国外，藉伸正义"；守东瓜，复棠吉；殒身缅北，遗恨丛林，马革裹尸，成就了光辉的一生。

《爱国志士　民主先锋——新闻出版家邹韬奋》

本书讲述了邹韬奋献身新闻出版事业的奋斗历程，展现了一位新闻工作者坚定的革命信念和炽热的爱国主义精神，全心全意为人民服务、为读者服务的奉献精神，歌颂了他的高尚情操和优良品质。

《为抗战发出怒吼——人民音乐家冼星海》

人民音乐家冼星海，青年时期在巴黎求学，饱尝屈辱与磨难；学成后毅然回到多灾多难的祖国，用满腔热忱谱写激昂的音乐，鼓舞中华儿女的斗志；奔赴延安，谱写出不朽的名作《黄河大合唱》，发出中华民族抗日救亡的怒吼。

《全民皆兵　抗击日寇——抗日战争的故事》

中国人民进行的十四年抗战，是一百多年来中国人民反对外敌入侵第一次取得完全胜利的民族解放战争。这场战争是以国共两党合作为基础，有社会各界、各族人民、各民主党派、抗日团体、社会各阶层爱国人士和海外侨胞广泛参加的全民族抗战。

《捧着一颗心来　不带半根草去——人民教育家陶行知》

陶行知是我国现代教育史上伟大的人民教育家、教育思想家。他从青年起就立志献身教育事业，以"捧着一颗心来，不带半根草去"的赤子之心，为人民的教育事业鞠躬尽瘁。

《为民主与和平拍案而起——民主斗士闻一多》

闻一多早年与梁实秋等人发起成立清华文学社。赴美留学期间由对祖国的深深眷恋而创作著名的《七子之歌》。后在西南联大任教8年，积极投身于抗日运动和争取民主的斗争，发表了著名的《最后一次讲演》。

《铁窗难锁钢铁心——革命先烈王若飞》

王若飞是我党早期杰出的无产阶级革命家。在艰苦卓绝的斗争中，他出生入死，屡建奇功，以超人的睿智和胆略，在敌人的监狱中，同敌人展开了殊死的较量，为抗战的胜利和新中国的诞生做出了卓越的贡献。

《横扫千军　还我河山——抗联名将李兆麟》

李兆麟是东北抗日联军创建人之一，他率领抗日联军历尽千难万险与日本侵略者浴血奋战，在极其艰苦的条件下，保存了抗日联军的有生力量，为东北光复做出了重大贡献。

《锄头开出新天地——解放区大生产运动》

为了解决困难，渡过难关，党中央号召党政军民齐动手，开展大生产运动。中国共产党在其控制区域内发动的一场军队屯田和鼓励生产的群众运动，达到了自己动手丰衣足食，共度难关，既进行革命又进行生产自足的目的。

两离桑梓地　满怀雪域情

——领导干部的楷模孔繁森

《生的伟大　死的光荣——女英雄刘胡兰》

刘胡兰，坚贞不屈的少年女英雄。生前对我国劳动人民的解放事业无限忠诚，在敌人威胁面前，大义凛然，毫无惧色，英勇牺牲，表现了共产党员的高贵品质。

《饿死不领美国救济粮——爱国知识分子的楷模朱自清》

朱自清作为爱国知识分子的典型，以锐利的笔锋直言痛斥反动政府的暴行，体现了他崇高的爱国情怀和不畏恶势力的精神品格。毛泽东曾给朱自清先生以高度评价："一身重病，宁可饿死，不领美国的'救济粮'"，"表现了我们民族的英雄气概"。

《为了新中国前进——舍身炸碉堡的董存瑞》

伟大的英雄，中国人民的儿子董存瑞，从儿童团长成长为一名光荣的解放军战士，在1948年解放隆化县城时，舍身炸碉堡，为新中国献出了自己年轻的生命。他的英雄形象永远留在人民心里。

《宁死不屈的共产党员——革命烈士江竹筠》

江竹筠，就是著名的江姐。1947年春，她负责《挺进报》工作，只几个月的时间，报纸就发行到1600多份，引起了敌人的极大恐慌。由于叛徒出卖，江姐不幸被捕，惨遭毒刑的残酷折磨，仍坚贞不屈。最后被特务秘密枪杀，年仅29岁。

《抗美援朝　保家卫国——志愿军的战斗故事》

抗美援朝战争是中国人民志愿军为援助朝鲜人民、保卫祖国安全，与美国为首的"联合国军"发生的战争。在朝鲜牺牲的志愿军烈士们，他们英勇的战斗事迹、保家卫国的精神值得我们发扬光大。

《上甘岭上壮烈歌——黄继光和他的战友们》

在1952年10月的上甘岭战役中，黄继光和他的战友们在零号阵地半山腰被敌机枪火力点压制，此时，黄继光身上已经多处负伤，手雷也已全部用光。为了完成任务，减少战友的伤亡，他用自己的胸膛堵住正在扫射的敌机枪射孔，为反击部队扫清了前进的道路。

《诗书印画　全入神品——国画大师齐白石》

齐白石出身贫寒，做过农活，当过木匠，后改学雕花木工，从民间画工入手，摹古人真迹，学诗文书法，融汇古今，而诗、书、印、画俱佳；他将中国画的精神与时代的精神统一得完美无瑕，使中国画得到国际的重视，无愧于"国画大师"的称号。

《毕生为文化而奋斗——中国第一出版家张元济》

张元济参与、主持和督导商务印书馆近六十年，使其从简单的印刷企业转变为当时中国教育出版的旗帜。张元济一生爱书，在中华大地动荡不安的年代里，他用自己对文化的热爱，续存着中华民族灿烂悠久的文明之光。

《独树一帜　梨园大师——著名京剧表演艺术家梅兰芳》

梅兰芳，京剧大师，演唱风格独树一帜，世称"梅派"。曾先后赴日本、美国、苏联演出，并荣获美国波摩那学院和南加州大学的荣誉文学博士学位。作为一位爱国者，抗战期间蓄须明志，拒绝为日本人演出，为后世称颂。

《华侨旗帜　民族光辉——爱国侨领陈嘉庚》

陈嘉庚是著名的爱国华侨领袖、企业家、教育家、慈善家、社会活动家。他为辛亥革命、民族教育、抗日战争、解放战争、新中国的建设做出了卓越的贡献。生前被毛泽东誉为"华侨旗帜、民族光辉"。

《向雷锋同志学习——伟大的共产主义战士雷锋》

雷锋，一个平凡而伟大的共产主义战士，一心向着党，一生秉承着全心全意为人民服务、无私奉献的崇高思想；发扬刻苦学习和钻研理论的"钉子"精神；坚持勤俭节约、艰苦奋斗的优良作风。毛泽东为其题词："向雷锋同志学习。"

《人民的好公仆——县委书记的好榜样焦裕禄》

焦裕禄，被誉为县委书记的好榜样。他用自己的革命精神，展开了与大自然、与社会落后现象、与病魔的多重抗争，让我们领略到一

两离桑梓地　满怀雪域情

——领导干部的楷模孔繁森

个共产党人的生之伟大、死之壮美的人格品质和具有现实教育意义的精神魅力。

《文学巨匠　京味大师——人民作家老舍》

老舍是我国现代小说家、文学家、戏剧家。他用融入骨髓的真诚文字反映生活的喜怒哀乐。老舍的一生，总是在忘我地工作，他是文艺界当之无愧的"劳动模范"，生前被北京市人民政府授予"人民艺术家"的称号。

《革命老人——无产阶级教育家徐特立》

徐特立是一代伟人毛泽东的老师。他出生在贫苦家庭，大部分时间生活在动荡艰苦的年代；他刻苦勤奋，不畏艰辛，追求光明，一生勤俭，为革命培养了大量的人才；他对党和人民任劳任怨，鞠躬尽瘁。他坎坷奋斗的一生，留下了许多可歌可泣的故事。

《人生能有几回搏——新中国第一个世界冠军容国团》

容国团先后担任中国乒乓球队运动员、女队主教练。获得1959年男子单打世界冠军；1961年夺得男子团体世界冠军；作为中国女队主教练，1965年率女队第一次夺得女子团体世界冠军。他的"人生能有几回搏"的豪言，举国传诵。

《石油工人一声吼　地球也要抖三抖——铁人王进喜》

王进喜，新中国第一批石油钻探工人。他为祖国石油工业的发展和社会主义建设立下了不朽的功勋，在创造了巨大物质财富的同时，还给我们留下了宝贵的精神财富——铁人精神。他被评为"百年中国十大人物"，写入中华民族的光辉史册。

《做人民需要我做的事——著名地质学家李四光》

李四光是一位伟大的科学家，他一生从事地质学研究工作，足迹遍布祖国的山川，为祖国探明了许多地下宝藏；他创建了崭新的学说——地质力学；他历尽重重困难，为正确认识地质构造开辟了一条新路。

《中国化学工业的先驱——著名化学家侯德榜》

　　为摆脱纯碱需要进口的窘况，20世纪初，怀着"实业救国"梦想的中国化工先驱侯德榜等人创办了永利碱厂，并立志生产出中国人自己的碱。1926年，永利碱厂终于成功地生产出"红三角"牌纯碱，从此中国制碱业得以跨入世界先进列。

《毕生求是　一丝不苟——著名科学家竺可桢》

　　著名科学家竺可桢献身科学研究；治学严谨，一丝不苟；一生廉洁，两袖清风；作风民主，爱护学生。他以爱国之心、报国之志，从一个民主主义者逐渐成长为一个共产主义战士。

《热爱自然的大地之子——著名植物学家蔡希陶》

　　蔡希陶，五十载风雨，五十载坎坷，五十载奋斗，五十载开拓，为了发现对人类生产、生活有用的植物及新物种的引进而做出巨大贡献，在中国的植物资源学史上将永远镌刻着他的名字。

《高洁无私的襟怀——知识分子的楷模蒋筑英》

　　蒋筑英是中国当代知识分子的先锋典范，他不为名，不为利，尊重科学；他以坚忍的毅力和顽强的作风，在科学的道路上呕心沥血，鞠躬尽瘁，无私地奉献了青春和生命。

《迎接新生命的天使——卓越的妇产科专家林巧稚》

　　林巧稚是国内外享有盛誉的妇产科专家。在五十多年的医学教育和临床实践中，林巧稚亲自接生了五万多婴儿，治愈了数千病人，培养了数以百计的专门人才，为我国的妇女儿童事业做出了不可磨灭的贡献。

《独自成千古　悠然寄一丘——国画大师张大千》

　　张大千是20世纪中国画坛最具传奇色彩的国画大师，无论是绘画、书法、篆刻、诗词无所不通。在艺术界深得敬仰和追捧，艺术家们用真挚的感情，用绘画和雕塑展现了"张大千"多彩的艺术形象。

两离桑梓地　满怀雪域情

——领导干部的楷模孔繁森

《建造中国的通天塔——著名数学家华罗庚》

中国当代著名数学家华罗庚，为中国数学的发展做出了无与伦比的贡献，他是中国解析数论、典型群、矩阵几何等多方面研究的创始人与开拓者，也是我国最早将数学理论研究与生产实践紧密结合的科学家。

《问鼎长天　强我国威——两弹元勋邓稼先》

邓稼先是我国著名科学家，参加组织和领导我国核武器的研究、设计工作，从对原子弹、氢弹原理的突破和试验成功及其武器化，到新的核武器的重大原理突破和研制试验，作出了重大贡献。是我国核武器理论研究工作的奠基者之一，被誉为"两弹元勋"。

《敢叫天堑变通途——桥梁专家茅以升》

中国著名的桥梁专家茅以升从小立志为祖国建造桥梁，经过不懈努力，他不仅设计建造了一座座宏伟壮观、坚固实用的道路桥梁，而且搭建了一座座友谊之桥，为祖国建设作出了卓越贡献。

《蘑菇云之梦——核物理学家钱三强》

被誉为"中国原子弹之父"的核物理学家钱三强，更名后立志于科技报国；24岁投师于世界著名核物理学家居里夫妇；与夫人何泽慧合作，发现铀的"三分裂""四分裂"现象；统领我国的原子大军，做了大量创造性工作。

《两离桑梓地　满怀雪域情——领导干部的楷模孔繁森》

孔繁森，是一位一尘不染、两袖清风的好干部。两次进藏工作，历时十载，为西藏的建设、发展和稳定作出了突出的贡献。1994年11月，孔繁森不幸以身殉职。人民群众称他为新时期领导干部的楷模。

《摘取数学皇冠上的明珠——著名数学家陈景润》

陈景润是享誉世界的数学家，为了证明"哥德巴赫猜想"，他以惊人的毅力在数学领域里艰苦跋涉，终于攻克了世界著名数学难题"哥德巴赫猜想"中的"1＋2"，创造了中国乃至世界数学史上的辉煌。

《学术独步 饮誉四海——享有国际威望的科学家卢嘉锡》

卢嘉锡是一位在国际科学界享有崇高威望的物理化学家、化学教育家和科技组织领导者。1945年，卢嘉锡满怀"科学救国"的热忱回到祖国，对中国原子簇化学的发展起了重要推动作用，他所指导的新技术晶体材料科学研究，也取得了重大成绩。

《德艺双馨 梨园楷模——著名豫剧表演艺术家常香玉》

常香玉1941年赴陕甘演出。1948年在西安创办香玉剧社。1951年为支援抗美援朝，率剧社巡回西北、中南、华南各地演出，以演出收入捐献"香玉剧社号"战斗机一架，素有"爱国艺人"之誉。

《文学大师 激流勇进——著名作家巴金》

本书以巴金生平和主要事迹为线索，回顾和展示现代著名作家巴金的一生，以期让人们看到巴金在这风云变幻的100多年中，有过成功的欢欣，有过屈辱的磨难，有过痛苦的忏悔，有过平静的安宁。巴金的人生，映照着一代中国五四知识分子坎坷而不平凡的命运。

《壮心系科学 孜孜为国昌——理论化学家唐敖庆》

本书讲述了唐敖庆从出国求学、业业有成、回国任教，到服从安排、艰苦工作、刻苦钻研，最终成为中国量子化学奠基者的过程。让人们看到了这位著名化学家的赤心爱国、严谨治学、大公无私的崇高品格和科研上的卓越成就。

《中国导弹之父——著名科学家钱学森》

当第一颗原子弹升空的时候，当中国的人造卫星奏响《东方红》的时候，当中国运载火箭腾空而起的时候，当中国研制的导弹准确命中目标的时候，人们都会想起他的名字：中国导弹之父钱学森。

《中国近代力学的奠基人——著名科学家钱伟长》

钱伟长曾以中文和历史两个100分的成绩考入清华大学。九一八事变后，钱伟长毅然放弃了文科的学习而转为理科。他是中国近代力学、应用数学的奠基人之一，在固体力学、流体力学以及航空航天领域，取

得了卓越的成就，为新中国的现代化建设付出了毕生的精力。

《中国光学科学的奠基人——著名科学家王大珩》

王大珩是我国著名的科学家，中国光学科学的奠基人。他先在清华就读，后赴英国求学，学业有成，立志科学救国，其成就享誉神州。他以科学的求是精神和赤诚的爱国情怀，探索着中国光学发展的闪光之路。